Ingrid Dorfmeister

MICH WUNDERT NIX

Geschichten, die das Leben schreibt

Cover-Grafik:
Monika Schweitzer
Korrektorat:
Mag. Martha Deinhofer
Buch-Finalisierung:
Dr. Manfred Greisinger

Verlag: myMorawa Dataform Media Gmbh
ISBN Paperback: 978-3-99129-426-9
ISBN E-Book: 978-3-99129-471-9
Printed in Austria

Für meine Söhne Christopher & Dominik
und meine Freundinnen,
die immer für mich da sind.

Und für alle, die an die Liebe glauben!

Inhalt

Ein paar Gedanken vorweg

Vielleicht ist das Leben vorbestimmtes Schicksal.
Oder eine Aneinanderreihung banaler Zufälle.
Wer weiß das schon?
Am Ende unseres Lebens zählen die Erinnerungen.
Sorgen wir dafür, dass es viele schöne davon gibt.
Heute. Jetzt.
Wir haben nur den Moment.

Auf den Hund gekommen

Sie ließ ihren Blick schweifen. Vor ihr lag das glitzernde Meer mit den vielen weißen Segelbooten. Rechts davon der kleine Yachthafen, in dem sich ein Motorboot an das andere reihte, gelegentlich unterbrochen von einer kleinen Yacht. Tiefblauer Himmel spannte sich über alles. Die Wärme auf ihrer Haut zu spüren, tat einfach unglaublich gut. Claudia entfloh ein tiefer Seufzer.
Vor ein paar Tagen hatte ihre Freundin Anita angerufen und gefragt, ob sie nicht Lust hätte, mit ihr nach Piran zu fahren. Claudia war noch nie in Slowenien gewesen, frühere Urlaube hatte sie meistens in Italien oder Griechenland verbracht. Nach diesem extremen, langen und zähen Winter in der Großstadt war die Aussicht mehr als verlockend. Endlich weg aus dem grauen Wien, der Kälte und dem eisigen Wind. Bisher hatte es nur einzelne Sonnentage gegeben, wo die Temperatur einmal knapp 20 Grad erreicht hatte, obwohl es bereits Anfang Juni war. Der Wonnemonat Mai hatte dieses Jahr vollkommen ausgelassen und machte seinem Namen überhaupt keine Ehre. Umso mehr freute es sie, dass Anita ihr das Angebot gemacht hatte, und sie nahm es spontan an.

Claudia hatte ein wenig Abwechslung bitter nötig, denn in letzter Zeit war es ihr gar nicht gut gegangen. Es waren nicht nur die körperlichen Beschwerden, die sie plagten. Diese ewigen Kreuzschmerzen und Migräneattacken wirkten sich auch auf ihre Psyche aus. Wann hatte sie nur das letzte Mal gelacht? So richtig aus vollem Herzen. Wieder seufzte sie und dachte an die letzten, anstrengenden und traurigen Wochen zurück….

„Komm Nelly", Claudia zog an der Leine ihres Golden Retrievers. „Wir müssen zur Tierärztin und sind schon spät dran." Seit Wochen machte sie sich große Sorgen um ihre Hündin, die ihr Ein und Alles war. Die Hüfte machte nicht mehr richtig mit, Nelly hatte ständig große Schmerzen. Claudia krampfte es das Herz zusammen, wenn sie sah, wie sie sich plagte. Nur die Spritzen der Tierärztin vermochten diese Schmerzen zumindest ein wenig zu lindern. Natürlich hatte Nelly ein schönes Alter erreicht, sie war bereits neun, aber Claudia mochte sich gar nicht vorstellen, wie ein Leben ohne sie aussehen würde.

Genau zu ihrem 30. Geburtstag hatte sie Nelly aus dem Tierheim geholt. Zu diesem Zeitpunkt war Claudia an einem Tiefpunkt in ihrem Leben angekommen.

Sie hatte sich nach sechs Jahren von ihrer ersten großen Liebe getrennt, im Job wurde sie gekündigt und zu allem Unglück war ihre geliebte Mami viel zu früh gestorben. Claudia war ein Einzelkind und da sich ihre Eltern bereits sehr früh getrennt hatten, stand sie jetzt mehr oder weniger allein im Leben. Natürlich gab es da noch den Vater und seine neue Familie, zu der sie auch einen guten Kontakt hatte, aber sie fühlte sich nicht wirklich zugehörig.
Hunde hatte sie schon immer geliebt, aber leider nie einen eigenen besessen. Und so beschloss sie, sich im Tierheim umzusehen. Als sie Nelly erblickte, wusste sie sofort: „Die oder keine."
So wurde Nelly zu ihrem Lebensinhalt, zu ihrer Vertrauten in einer sehr bewegten und anstrengenden Zeit. Es galt nicht nur, sich eine neue Wohnung und einen anderen Job zu suchen, sondern auch das Ende ihrer Beziehung und den Tod ihrer Mutter zu verarbeiten. Es war eine sehr turbulente Phase in ihrem Leben und ihre Hündin war ihr eine treue Gefährtin, die ihr stets zur Seite stand und auch ihre Einsamkeit linderte.

Schritt für Schritt gelang es Claudia, ihr Leben neu zu ordnen. Es kostete sie viel Kraft, aber letztendlich wurde sie eine erfolgreiche, selbstständige Beraterin und sie hatte seit

längerem auch wieder einen Freund. Allerdings war es auf Dauer eine sehr unbefriedigende Beziehung. Richard war verheiratet. „Zwar nur mehr auf dem Papier“, wie er betonte, aber leider gab es ständig Gründe, warum der Scheidungstermin immer wieder verschoben wurde.
Jetzt, knapp vor ihrem 39. Geburtstag, hatte sie einfach die Nase voll von seinen ewigen Versprechungen. Mehrmals hatte sie versucht, ihm klarzumachen, dass sie Kinder wolle, die Geborgenheit einer Familie vermisse und dass ihre biologische Uhr ticke. Umgekehrt hatte sie bisher allerdings auch nie den Mut aufgebracht, dieses Verhältnis endgültig zu beenden. In vielen Bereichen verstanden sie sich ausgezeichnet und sie hatte das Gefühl, dass ihm schon viel an ihr lag. Es war ein ständiges On und Off, mittlerweile war Claudia sehr genervt von dem Hin und Her in der Beziehung.

Die Tierärztin blickte sehr besorgt, nachdem sie die Hündin untersucht hatte.
„Claudia, es tut mir sehr leid, aber wir werden eine CT machen müssen. Ich glaube, ihre Schmerzen kommen nicht nur von der Hüfte, ich befürchte Ärgeres. Am besten, du fährst gleich in die Tierklinik, damit wir Bescheid wissen.“

Claudia schluckte und leichte Panik machte sich breit. „Ja klar, wenn du meinst", antwortete sie.
Am nächsten Tag konnte sie den Befund abholen. Noch bevor sie ihn der Tierärztin gezeigt hatte, war sie sich sicher, dass es sich um etwas sehr Ernstes handeln musste.
„Ja, das habe ich fast vermutet, es tut mir aufrichtig leid, aber es ist ein Tumor und so wie es aussieht, ist er leider inoperabel", sagte diese mit leiser Stimme. Claudia brach in Schluchzen aus. „Was heißt denn das genau? Was glaubst du, wie lange Nelly noch leben wird?"
„Das ist schwer vorherzusagen. Ich kann ihr nur etwas spritzen, damit die Schmerzen erträglicher werden, der Rest wird sich zeigen."
In den nächsten beiden Wochen wurde es immer schlimmer. Nelly lag nur mehr auf ihrem Schlafplatz, wollte kaum etwas fressen und blickte Claudia aus ihren treuen Hundeaugen an, als wollte sie sagen: „Bitte lass mich gehen, meine Zeit hier bei dir ist vorbei."
Nachdem sie eine ganze Nacht nur mehr vor sich hin gewinselt hatte und Claudia sie tränenüberströmt im Arm gehalten und Abschied genommen hatte, fuhr sie am nächsten Morgen zur Tierärztin.

„Ich habe mich entschlossen, sie zu erlösen. Bitte, gib ihr eine Spritze!“

Nun war sie allein mit ihrem Schmerz. Richard war wieder einmal auf einer anscheinend unaufschiebbaren Geschäftsreise und konnte ihr nicht beistehen. Aber wann genau war er eigentlich wirklich für sie da, wenn sie ihn brauchte? Ständig war etwas, entweder war er beruflich unterwegs oder seine Tochter stellte Ansprüche oder die Noch-Ehefrau zog alle Register, damit er dieses oder jenes für sie erledigen sollte. Claudia hatte schon so oft zurückgesteckt, sie wollte einfach nicht mehr. Und sie spürte, dass genau jetzt der passende Zeitpunkt gekommen war, einen endgültigen Schlussstrich zu ziehen.
Eine Woche später fand die längst fällige Aussprache statt. Das Gespräch verlief sehr emotional und natürlich wollte Richard das Ende nicht akzeptieren. Doch anders als sonst gelang es ihm nicht, sie wieder umzustimmen. Und so war der Tapetenwechsel eine wunderbare Fügung, Abstand von allem zu bekommen.

Claudia blickte auf. Sie war so in ihre Gedanken versunken gewesen, dass sie gar nicht gemerkt hatte, dass die Kellnerin sie fragte, ob sie noch etwas trinken wolle.

„Nein, vielen Danke, ich möchte bezahlen.“ Ein Blick auf ihre Uhr zeigte, dass sie sich beeilen musste. Anita war bestimmt schon von ihrer Radtour zurück und wartete im Appartement auf sie.

Später bummelten die Freundinnen die Promenade entlang. Es war ein lauer Abend, sie trugen beide ärmellose, farbenfrohe Sommerkleider und genossen es, die leichte Brise vom Meer auf der Haut zu spüren.
„Ich habe einen Tipp bekommen, wo man sehr gut essen kann“, sagte Anita und steuerte auf ein kleines, eher unscheinbares Restaurant zu. Es war gut besucht, aber zum Glück ergatterten sie noch den letzten freien Tisch und vertieften sich in die Speisekarte. Sie hatten in etwa den gleichen Geschmack beim Essen und waren sich rasch einig, die Fischplatte zu bestellen.
„Prost! Schön, dass du mitgekommen bist“, sagte Anita und hob das Glas.
Der Weißwein war ausgezeichnet und hatte genau die richtige Temperatur. Claudia nahm einen Schluck.
„Ich bin ja so froh, dass du mir diese Möglichkeit geboten hast. Es hätte mir nichts Besseres passieren können, denn hier kann ich endlich zur Ruhe kommen. Der Tod von Nelly hat mich sehr mitgenommen. Du weißt ja, wie viel sie mir bedeutet hat.“

Tränen traten ihr in die Augen und Anita nahm ihre Hand.
„Ich weiß, und alles zusammen ist wirklich viel für dich. Willst du dir nicht wenigstens die Sache mit Richard noch einmal überlegen? Ihr versteht euch doch sehr gut und irgendwann wird er ja hoffentlich auch geschieden sein."
„Nein. Weißt du, es ist ja nicht nur die Tatsache, dass er immer noch nicht frei ist, sondern es geht auch um das Thema Kinder. Ich werde nächstes Jahr 40 und ich möchte unbedingt noch eine eigene Familie haben. Richard ist sich da allerdings nicht so sicher, er meint, wir sollten doch die Zeit zu zweit genießen. Er versteht mich einfach nicht, aber er hat ja auch bereits eine Tochter." Claudia wurde traurig. „Die Zeit vergeht so schnell und jetzt fange ich quasi wieder von vorne an."

Die Fischplatte wurde serviert, sie war ein Augenschmaus: Zwei unterschiedliche Fische befanden sich darauf, gebratene und gebackene Calamari, Muscheln, Sardinen und Langusten - das Ganze garniert mit Spinat und Kartoffeln. Was für eine Köstlichkeit. Schweigend genossen sie das hervorragende Essen.
„Uff, war das gut", Claudia legte das Besteck zur Seite.
„Ich habe schon lange nicht mehr so etwas Wundervolles gegessen!"

Nach einem weiteren Glas Wein bezahlten sie und flanierten die Promenade entlang. Sie gönnten sich noch einen Cocktail in einer kleinen Bar und traten dann den Heimweg zu ihrem Appartement an. Es lag auf einem Hügel, mit einem wunderbaren Ausblick auf Piran. Der Nachteil waren allerdings die 242 Stufen, die sie vorher bewältigen mussten.

Die nächsten Tage vergingen wie im Flug. Einmal unternahmen sie eine lange Wanderung, ein anderes Mal führte sie eine wunderbare Radtour ein kleines Stück die Küste entlang und dazwischen genossen sie das Meer oder die Terrasse ihres Appartements.
Claudia fand auch genügend Zeit für sich allein, um sich Gedanken über ihre Zukunft zu machen. Auf ihren einsamen Spaziergängen beschloss sie, sich keinen eigenen Hund mehr zu nehmen, so wie sie es sich im ersten Moment nach Nellys Tod überlegt hatte. Nein, so schnell konnte niemand ihre Hündin ersetzen. Ihr war aber eine andere Idee gekommen, nämlich, dass sie Hunde-Sitting anbieten könnte. So schlug sie zwei Fliegen mit einer Klappe: Sie musste nicht ganz auf einen Hund verzichten, war aber nicht so gebunden und verdiente auch noch Geld damit.
„Was für eine großartige Idee“, rief Anita, als sie es ihrer Freundin erzählte. „Genau, mach

das! Jetzt kommt die Urlaubszeit, da gibt es bestimmt einen großen Bedarf dafür!“

Wieder zu Hause angelangt, setzte Claudia ihre Idee sofort um. Sie machte sich im Internet schlau und fand viele verschiedene Plattformen, die genau darauf spezialisiert waren. Sie registrierte sich auf einer und harrte der Dinge, die da kommen sollten.

Bereits ein paar Tage später läutete ihr Handy und sie bekam ihren ersten Auftrag. Eine alleinstehende Frau wollte das Wochenende mit ihrer Freundin verbringen. Das Hotel würde leider keine Hunde akzeptieren. Sie vereinbarten ein Treffen, damit sie sich kennenlernen konnten. Beide wussten, wie wichtig Sympathie und Vertrauen sind, wenn man ein Tier besitzt und es in fremde Hände gibt.

Luna war eine ältere Beagle-Dame, die am Anfang noch etwas scheu war. Sie machten einen längeren Spaziergang zu dritt, damit sich das Tier an Claudia gewöhnen konnte, und anschließend tranken die beiden Frauen noch gemeinsam Kaffee. So lernte Luna auch die Wohnung und den Garten kennen. Am Ende war ihre Schüchternheit wie weggeblasen.

„Ich habe ein sehr gutes Gefühl und kann jetzt beruhigt wegfahren“, freute sich die Hundebesitzerin und war glücklich, eine so gute Lösung für ihren Liebling gefunden zu haben.

Über den Sommer war Claudia mit ihrem Nebenjob ziemlich beschäftigt und sie hatte die unterschiedlichsten Hunde zu betreuen. Meistens kamen sie zu ihr nach Hause, weil es so einfacher für alle war. Gelegentlich machte sie aber eine Ausnahme und hütete neben dem Hund auch noch das Haus, wenn die Besitzer länger unterwegs waren. Es passte auch sonst sehr gut, weil gerade im Sommer beruflich eher wenig los war. So hatte sie zumindest nicht viel Zeit, Nelly nachzutrauern, obwohl sie diese noch immer sehr vermisste.

Anfang September meldete sich ein Herr bei ihr.
„Ich habe einen Golden Retriever, einen Rüden, und ich brauche eine gute Betreuung für ihn. Ich bin beruflich viel unterwegs und suche jemanden, der wirklich verlässlich ist.“
„Ja, sehr gerne, wir können es miteinander versuchen“, antwortete Claudia und sie vereinbarten einen Kennenlerntermin für den nächsten Tag.

Pünktlich um 18 Uhr läutete es an ihrer Türe. Als Erstes erblickte sie den Hund, doch plötzlich schlug ihr Herz wie wild, denn er ähnelte Nelly sehr, obwohl er ein Rüde war. Er bellte aufgeregt und eine angenehme Stimme versuchte ihn zu beruhigen: „Ruhig, Henry, ruhig… braver Hund."
Claudia blickte auf und schaute in zwei braune Augen. Vor ihr stand ein sehr sympathisch wirkender Mann mit kurzgeschnittenem braunem Haar in etwas verblichenen Jeans, einem blauen Pullover und einer schwarzen Lederjacke darüber.
„Hallo, ich bin Christoph", begrüßte er sie formlos und streckte ihr seine Hand entgegen, „und das ist Henry. Wir freuen uns sehr, dass Sie Zeit für uns haben."
„Hallo, es freut mich auch, ich bin Claudia. Ich habe mir gedacht, es ist am besten, wir machen einen Spaziergang. Gleich da vorne beginnt der Wald, da hat Henry auch Auslauf."
„Einverstanden, dann gehen wir."
Sie marschierten los und schon nach kurzer Zeit hatte Claudia das Gefühl, dass Henry ihr sehr zugetan war und sie gut mit ihm zurechtkommen würde. Nach einer guten Stunde, nachdem sie flott unterwegs gewesen waren, fragte Claudia: „Möchten Sie noch auf einen Kaffee hereinkommen? Dann kann sich

Henry schon mal an sein neues Umfeld gewöhnen."
„Ja, gerne, das ist sehr nett von Ihnen."
Christoph war unterhaltsam und amüsant, erzählte jedoch nichts Privates über sich, was Claudia nur recht war. Sie vereinbarten, dass Henry kommendes Wochenende bei ihr verbringen sollte, da Christoph Freunde in Deutschland besuchen wollte.
„Gut", sagte sie, „dann bis Freitag." Sie streichelte Henry und meinte: „Ich freu mich schon auf unsere gemeinsamen Tage."

Das Wochenende verbrachte Claudia fast ausschließlich mit dem Hund, der wirklich sehr unkompliziert war und mit dem sie viel Spaß hatte. Als Christoph ihn am Montagabend abholte, war sie jedoch froh, wieder Zeit für sich zu haben.
„Ich hoffe, Henry hat sich ordentlich benommen und ich darf ihn wieder bringen?"
Claudia lachte, „Ja klar, wir haben uns schon angefreundet."

Der Herbst verging sehr rasch und da sie viele Klienten hatte, wurde ihre Freizeit immer knapper. Daher beschloss sie, ihre Aktivitäten als Hundesitterin einzustellen, einzig bei Henry konnte sie nicht nein sagen, zu sehr war er ihr schon ans Herz gewachsen. Christoph brachte

ihn in regelmäßigen Abständen vorbei, manchmal nur für ein paar Stunden, gelegentlich aber auch über die Wochenenden. Speziell dann unterhielten sie sich länger und tranken auch häufig gemeinsam Kaffee, da Claudia ja berichten wollte, was sie unternommen hatten und wie es Henry ergangen war.
So lernten sie einander besser kennen. Christoph hatte ihr mittlerweile auch anvertraut, dass er getrennt lebte und daher gezwungen war, nach einer Betreuung für seinen Hund zu suchen. Längst waren sie beim Du angekommen und auch Claudia erzählte ihm von ihrer Nelly und davon, wie sie im Urlaub in Piran auf die Idee gekommen war, sich als Hundesitterin auf der Plattform zu registrieren. Gelegentlich hatte sie den Eindruck, Christoph würde den Blick länger auf ihr ruhen lassen, doch sie tat dieses Gefühl als Täuschung ab und wollte sich nicht weiter damit beschäftigen.

Anfang Dezember hatte Claudia wieder ihre Damenrunde zum Brunch eingeladen. Sie bestand aus vier Freundinnen, wie sie unterschiedlich nicht sein konnten. Seit einigen Jahren trafen sie sich regelmäßig und immer war eine andere die Gastgeberin. Zwei von ihnen waren verheiratet, die dritte war wie

Claudia Single. Wie immer quatschten alle durcheinander und es ging sehr lebhaft zu.
„Prost! Auf uns!“, rief Anita und hob ihr Glas.
„Und auf die Gastgeberin!“, ergänzte Gabi.
„Sag Claudia, wie läuft es eigentlich mit deinen Hunden?“, fragte Maria, „ich bin da gar nicht mehr auf dem neuesten Stand.“
Claudia berichtete, dass sie eigentlich die Betreuungen aufgrund ihrer beruflichen Auslastung aufgegeben habe, mit Ausnahme von Henry eben.
„Aha, und warum hast du gerade diesen Hund behalten?“, wollte Ingeborg wissen.
„Na ja, vielleicht weil er auch ein Golden Retriever ist, wie Nelly, und außerdem ist er mir sehr zugetan.“
„Und sein Herrchen? Wie sieht es denn mit dem aus?“, fragte Anita mit einem Augenzwinkern. Claudia errötete etwas.
„Ach Christoph, ja, er ist ganz nett. Aber manchmal mühsam bezüglich des Terminplans. Eigentlich sollte ich ihm für dieses Wochenende absagen, weil es echt stressig wäre. Ich muss zu meinen Eltern fahren und das ist mit Henry wirklich anstrengend. Aber ich bringe es nicht übers Herz, Christoph im Stich zu lassen.“
„Also wirklich, Claudia“, mischte sich Gabi ein, „du wolltest doch mehr auf deine Grenzen achten. Hier ist ein gutes Übungsfeld dafür. Du

sagst ihm einfach, dass es nicht geht und damit basta!"
„Genau", pflichtete Ingeborg bei, „du und deine Gutmütigkeit. Und dann bist du wieder enttäuscht, dass du so ausgenutzt wirst!"
Claudia seufzte, sie wusste ja, dass die Freundinnen recht hatten. Sie gingen sehr offen und ehrlich miteinander um und waren sich gegenseitig in vielen schwierigen Lebenslagen schon eine große Hilfe gewesen.
„Ja, ich weiß, ich werde es mir noch überlegen", sagte sie und beendete das Thema.

Eine Woche später telefonierte sie mit Anita.
„Und? Hast du jetzt dein Sitting letztes Wochenende abgesagt?", fragte sie Claudia.
„Nein", gab diese zögernd zu. „Ich habe es nicht geschafft und meine Eltern haben es auch verstanden. Mir war es schon wichtig, mein Wort zu halten", versuchte sie sich zu rechtfertigen.
Anita kannte sie sehr gut und glaubte, einen Unterton herauszuhören.
„Sei ehrlich, Claudia! Dir gefällt Christoph. Nicht wahr?", fragte sie direkt. „Mir ist letztens aufgefallen, dass du rot geworden bist, als ich dich darauf angesprochen habe. Bei mir kannst du es ja zugeben", ermunterte sie diese.
„Na ja, er gefällt mir schon. Eigentlich gefällt er mir sehr. Wir können so gut miteinander

reden, er ist auch wirklich interessiert an dem, was ich erzähle, und fragt oft nach. Wir haben einen ähnlichen Humor und lachen sehr viel“, gab sie zu.
„Und worauf wartest du eigentlich noch?“, fragte Anita. „Soviel ich weiß, ist er ja ausgezogen und die Scheidung ist im Laufen. Oder nicht?“
„Ja schon, aber du weißt, ich bin ein gebranntes Kind. Denk an Richard!“, erwiderte sie. „Und außerdem, wie soll das gehen? Ich kann ihm nicht geradeaus sagen, dass ich ihn interessant finde. Und liebenswert. Und fesch.“
„Und, und“, lachte Anita. „Komm, Claudia, man kann ja sein Interesse bekunden, ohne es direkt anzusprechen. Das brauch‘ ich dir aber jetzt nicht zu erklären. Schließlich bist du schon ein paar Jährchen auf dieser Welt und er ist bestimmt auch nicht der erste Mann, mit dem du flirtest. Eines sage ich dir: Bei einem Mann im besten Alter, der in Scheidung lebt und diese Attribute besitzt, die du schilderst, bei so einem stehen die Frauen Schlange, das kann ich dir sagen. Solche Männer sind rar, also, zu viel Schüchternheit und Abwarten sind jetzt nicht angesagt, finde ich!“ Anita holte tief Luft. „Das muss ja einmal gesagt werden, ich meine es ja nur gut mit dir. Seit der Trennung von Richard bist du schon direkt zur Einsiedlerin mutiert!“

Claudia schluckte, Anita hatte ja in allem recht. Seit einem halben Jahr widmete sie sich ausschließlich ihrer Arbeit und war kein einziges Mal ausgegangen, seit sie Richard verlassen hatte. Manchmal fühlte sie sich wirklich einsam. Jetzt stand Silvester vor der Tür, im kommenden Juli wurde sie 40 und die Zeit verging immer rascher. Was war nur mit ihren Träumen passiert? Sie bekam feuchte Augen und eine Träne kullerte ihre Wange entlang. Sie schluchzte und Anita nahm sie in die Arme.
„Komm her, alles wird gut. Es kommen auch für dich wieder bessere Zeiten, da bin ich mir sicher!“

Am nächsten Tag läutete es an der Tür und als sie öffnete, stand unerwartet Christoph mit Henry und einem riesengroßen Blumenstrauß draußen.
„Ich wollte mich noch einmal für letztes Wochenende bedanken, es war echt super, dass du Henry außerhalb der vereinbarten Zeit genommen hast.“
Claudia errötete. „Ist doch klar, ich mache das gerne“, antwortete sie.
„So klar ist es nicht, ich weiß das schon sehr zu schätzen“, erwiderte Christoph und blickte ihr tief in die Augen, „außerdem wollte ich dich fragen, ob du am Freitag uns zwei Männer

besuchen kommen möchtest. Du sollst doch auch einmal sehen, wo Henry wohnt." Er zwinkerte ihr zu. „Ich bin ein ganz passabler Koch, nur so nebenbei."
„Na dann", meinte Claudia, „das kann ich mir auf keinen Fall entgehen lassen. Ich komme sehr gerne!"

Am Donnerstagabend war sie bereits sehr nervös. Aufgeregt suchte sie in ihrem Kleiderschrank nach etwas Passendem zum Anziehen, zögerlich schob sie ihre Kleider zur Seite.
„Nein, es ist zu kalt, ich ziehe am besten Jeans an. Oder vielleicht doch eine schwarze Hose? Aber welches Oberteil? Es soll nicht zu elegant sein, aber immer nur sportlich geht auch nicht."
Sie hatte Anitas mahnende Worte im Ohr. Und wenn sie sich doch für ein Kleid entschied? Sie nahm das rote Wollkleid aus dem Kasten. Es war schmal geschnitten und hatte einen hübschen Ausschnitt, nicht zu gewagt.
„Und dazu die Kette mit dem Herzanhänger und die hohen, schwarzen Stiefel, ich glaube, das passt gut."
Entschlossen legte sie es auf die Seite. „Das nehme ich - und damit basta!"

Der Freitag zog sich wie ein Strudelteig, immer wieder blickte Claudia auf die Uhr. Die Zeiger schienen sich kaum fortzubewegen und sie wurde immer aufgeregter. Endlich war es 19 Uhr und sie bestellte ein Taxi, denn sie wollte nicht selbst mit dem Auto fahren. Bestimmt gab es Alkohol zum Essen.

Als sie an Christophs Tür klingelte, klopfte ihr das Herz bereits bis zum Hals. Doch als Henry sie wie immer euphorisch begrüßte, streichelte sie ihn einmal ausgiebig, um ihre Unsicherheit zu überspielen.
„Schönen guten Abend und danke für die Einladung“, sagte sie und überreichte den mitgebrachten Wein. Es klang wesentlicher gelassener, als sie sich fühlte.
„Ich freue mich sehr, dass du da bist. Komm herein!“
Christoph nahm ihr den Mantel ab und blickte sie erstaunt an: „Wow, wie hübsch, das Kleid steht dir aber besonders gut. Ich kenne dich nur in Jeans.“
Claudia errötete leicht bei diesem Kompliment. „Es ist ja auch ein besonderer Anlass, ich darf euch das erste Mal besuchen. Und außerdem bin ich immer für eine Überraschung gut“, setzte sie forsch fort und lächelte ihn an.
Christoph nahm sie am Arm und führte sie ins Wohnzimmer. „Was darf ich dir denn als Aperitif anbieten?“, fragte er.

„Einen Campari-Orange, wenn du hast“, erwiderte Claudia und während er die Getränke mixte, sah sie sich im Wohnzimmer um. Es war großzügig und modern eingerichtet, mit wenigen exquisiten Möbelstücken und einer sehr bequem aussehenden, hellgrauen Sitzgarnitur. Genau nach ihrem Geschmack.

Das Essen, das Christoph anschließend servierte, war wirklich ausgezeichnet. Es gab eine cremige Karotten-Ingwer-Suppe und einen wunderbaren, auf den Punkt gebratenen Zander mit Petersilkartoffeln und selbstgeschnipseltem Gemüse. Zum Nachtisch überraschte er sie mit Salzburger Nockerln.
„Deine Kochkünste übertreffen meine Erwartungen wirklich total“, machte Claudia ihm ein Kompliment.
„Das freut mich, dass es dir so geschmeckt hat. Hat sich da der Koch nicht eine kleine Belohnung verdient?“, grinste er sie an, als er ihr Weinglas erneut füllte.
Sein Kopf war genau auf ihrer Augenhöhe und Claudia nahm ihren ganzen Mut zusammen. Sie wollte ihm einen Kuss auf die Wange geben, aber da sie schon ein wenig beschwipst war, landete dieser direkt auf seinem Mund.
„So stürmisch, junge Frau?“, lachte er und nahm sie in den Arm. Claudia wurde ein wenig schwindlig.

„Und wahrscheinlich nicht nur von dem guten Wein“, dachte sie bei sich, bevor sie sich seinem innigen Kuss hingab.

Am nächsten Tag schwebte Claudia wie auf Wolken. Der Abend war noch richtig intensiv geworden und hatte bis in die frühen Morgenstunden gedauert. Christoph war ein sehr zärtlicher Mann, sie hatte ihre ganzen Bedenken über Bord geworfen und den Augenblick genossen. Es war einfach zu schön, wieder einmal begehrt zu werden, und ihr wurde klar, dass sie sich das von ihm schon länger gewünscht hatte, als sie sich eingestehen wollte.
Es begann eine wunderbare Zeit für die beiden, sie telefonierten oft und trafen einander regelmäßig. Die Weihnachtsfeiertage verbrachten sie getrennt bei den jeweiligen Eltern, doch für Silvester hatte Christoph ein Zimmer in einem kleinen, feinen Hotel in den Salzburger Bergen bestellt.

Als um Mitternacht die Glocken das neue Jahr einläuteten und das Paar mit einem Glas Champagner anstieß, war Claudia so happy wie schon lange nicht mehr.
„Und ich habe noch eine Überraschung für dich!“ Christoph machte eine kunstvolle Pause.

„Sag schon, welche Überraschung?“, drängte ihn Claudia.
„Vorgestern war endlich der Scheidungstermin und ich bin wieder ein freier Mann.“
Er nahm sie in den Arm. „Lass uns auf eine gemeinsame Zukunft anstoßen!“
Erleichtert und überglücklich erwiderte sie seinen Kuss.

Die nächsten Monate vergingen sehr rasch. Claudia und Christoph hatten bald einen guten Rhythmus gefunden. Die Wochen- enden verbrachten sie meistens gemeinsam, unter der Woche sahen sie sich nur ein- bis zweimal. Christoph war nach wie vor beruflich häufig auf Reisen. Außerdem brauchte Claudia auch ihren Freiraum, schließlich hatte sie schon zu lange allein gelebt. Meistens verstanden sie sich sehr gut, aber natürlich gab es auch Streitereien - wie es halt so ist, wenn der erste Liebeszauber verfliegt. Jetzt ging es darum, den anderen auch ohne rosarote Brille zu akzeptieren. Zum Glück war Christoph bereit, Konflikte auszutragen und gemeinsam nach Lösungen zu suchen. Sie besprachen alles miteinander und bemühten sich, den anderen zu verstehen.

Ende April erwischte Claudia einen argen Virus. Eine Darmgrippe ging um und in ihrem Bekanntenkreis waren einige daran erkrankt.

Leider war Christoph gerade zu dieser Zeit auf einer längeren Geschäftsreise im Ausland. Sie musste häufig erbrechen und hatte überhaupt keinen Appetit. Claudia, die sonst nie krank war, fühlte sich ziemlich elend und blieb daher die meiste Zeit im Bett. Sie schaffte es gerade zweimal am Tag, mit Henry vor die Türe zu gehen, damit er sein Geschäft machen konnte. Sie erholte sich auch nur langsam und als Christoph zurückkam, machte er sich richtige Sorgen.

„Du siehst immer noch sehr schlecht aus, geh doch noch zu einem anderen Arzt, irgendetwas stimmt nicht mit dir“, meinte er besorgt.

Claudia, die auch spürte, dass sie nicht ganz in Ordnung war, fragte Anita nach dem Namen ihrer Ärztin. Sie wusste, dass diese ganzheitlich orientiert war und zum Glück bekam sie bereits zwei Tage später einen Termin.

Als sie an diesem Abend nach Hause kam, war Christoph bereits da.

„Schatz, ich muss mit dir reden.“ Er wurde blass, als er diesen Satz hörte.

„Claudia, was ist denn los, was hat die Ärztin gesagt, ist es etwas Ernstes?“

Sie blickte ihn an und Tränen traten in ihre Augen.

„Christoph, ja, es ist etwas Ernstes, sehr Ernstes sogar.“

Sie schluchzte, dann fiel sie ihm um den Hals: „Ich bin schwanger, wir bekommen ein Baby!“

Ende Juni, genau an ihrem 40. Geburtstag, fand die Hochzeit statt. Claudia sah in ihrem weißen Kleid wunderschön aus, es hatte einen herzförmigen Ausschnitt, schmale, lange Spitzenärmel und eine kleine Schleppe. Sie strahlte über das ganze Gesicht, als sie Christoph in der kleinen Kapelle ihr Ja-Wort gab.
Während das Lied ‚Du bist das Beste, was mir je passiert ist‘ erklang, schweifte ihr Blick zu Henry. Ohne ihn stünde sie heute nicht hier. Ihr größter Traum hatte sich erfüllt, weil sie auf ihr Herz gehört hatte.

Die gelben Schuhe

Karin blickte auf die Uhr. Schon halb zehn, höchste Zeit, das Taxi zu rufen. Die Koffer standen seit dem Vorabend fertig gepackt im Flur, die Schlüssel hatte sie bereits vor Tagen der Nachbarin gegeben, sie würde sich in ihrer Abwesenheit um die Blumen kümmern. Drei Wochen nur für sich - die brauchte Karin wirklich sehr dringend, denn es war in letzter Zeit alles ein wenig viel gewesen. Sie freute sich auf erholsame Tage in Villach. Eigentlich hatte sie einen Kurantrag gestellt, allerdings wurde ihr eine Anschluss-Rehab gewährt.
„Seien Sie doch froh, da haben Sie intensivere Betreuung, das ist doch gut für Ihre Hüfte, auch wenn die OP schon im Vorjahr gewesen ist“, informierte sie die Dame von der Krankenkassa am Telefon.
„Na ja, das wird schon passen“, beruhigte sich Karin, obwohl das Bauchgefühl ihr etwas anderes signalisierte. Etwas aufgeregt machte sie sich auf den Weg.
Am Nachmittag stand sie vor einem Gebäude, das den Charme der siebziger Jahre des vorigen Jahrhunderts ausstrahlte. Sie nahm den Schlüssel in Empfang und machte sich auf den Weg zu ihrem Zimmer in den zweiten Stock.
„Du meine Güte“, dachte Karin, als sie eintrat.

Die Möbel schienen tatsächlich aus den siebziger Jahren übrig geblieben zu sein. Es gab ein schmales Bett, einen einfachen braunen Schrank, ein kleines Tischchen mit einem Stuhl und ein Sofa. Ende. Das Badezimmer war winzig: eine Dusche mit einem altmodischen Brausekopf, aus dem das Wasser lediglich tröpfelte, ein kleines, ausgeschlagenes Waschbecken und ein Spiegel. Die Beleuchtung war minimal.

„Für meine Falten ist das sicher schmeichelhaft und schminken muss ich mich hier sowieso nicht", kam ihr Galgenhumor durch.

„Das ist jetzt mein Zuhause für die nächsten drei Wochen. Hoffentlich haben wir keine Hitzewelle", machte sich ein Gedanke in ihr breit, denn natürlich gab es hier keine Klimaanlage. Für die verwöhnte Karin ein No-Go.

„Bravo, das wird ja heiter werden", dachte sie und begann, ihre Koffer auszuräumen.

Um 18 Uhr, beim Vortrag für die Neuankömmlinge, konnte sie die Gäste, die gleichzeitig mit ihr angereist waren, betrachten. Auf der Stelle wurde ihr klar: „Hier bin ich komplett falsch."

Hätte sie doch nur ihrem Gefühl vertraut und darauf gepocht, eine Kur zu machen, anstatt

sich nach Villach zuweisen zu lassen. Jetzt war es zu spät.
Ihr Blick schweifte über die Anwesenden. Alles wirklich betagte Leute, die meisten um die 70, wenn nicht noch älter. Zumindest sahen sie so aus. Und der Großteil schien offensichtlich erst vor kurzem operiert worden zu sein, wie Karin anhand der zahlreichen Krücken feststellte, die neben den Sitzen lehnten. Sie seufzte tief. Da war sie mit ihren gerade einmal 50 Jahren ja ein Küken. Die mürrisch dreinblickende, altmodisch gekleidete Direktorin erläuterte die strenge Hausordnung.
„Das wird alles andere als lustig", durchzuckte es Karin und die Vorstellung eines attraktiven Kurschattens löste sich sofort und auf der Stelle in Luft auf. Ihrer Freundin Klara war bei ihrer Kur ein großartiger Mann über den Weg gelaufen. Er wohnte sogar in ihrer Nähe und seit ein paar Wochen trafen sie sich regelmäßig. So etwas hatte sich Karin auch für ihren Aufenthalt vorgestellt. Und warum auch nicht? Sie war Single und grundsätzlich einem Flirt nicht abgeneigt. Es war auch schon einige Zeit her, dass sie guten Sex gehabt hatte. Man musste ja nicht immer gleich an Beziehung denken.
Aber als sie noch einmal in die Runde blickte, erschauderte sie. Da war bestimmt kein geeigneter Begleiter dabei.

„Vielleicht gibt es ja noch einige nette Exemplare, die schon länger hier sind.“ Karin schmunzelte, sie war ja grundsätzlich ein sehr positiver Mensch.

Beim anschließenden Abendessen änderte sie jedoch ihre Meinung. Gut gelaunt suchte sie den ihren zugewiesenen Tisch auf. Sie trug schmale Jeans, darüber eine lockere, pinkfarbene Bluse mit einem kleinen Ausschnitt und farblich passende, flache Sandalen. Ihre mittellangen, dunklen Haare umschmeichelten ihr Gesicht, und obwohl sie nur wenig geschminkt war - Lipgloss und Wimperntusche reichten ihr -, sah sie sehr hübsch aus.

„Einen schönen guten Abend, ich bin Karin und heute erst angekommen“, stellte sie sich vor, als sie ihren Platz einnahm.
Drei Menschen saßen bereits da: eine adrette Frau, so um die 80, ein mürrisch dreinblickender Mann von ungefähr 70 Jahren und ein übergewichtiger Herr, dessen Alter nur schwer zu schätzen war. Alle drei erwiderten nur kurz ihren Gruß und löffelten dann schweigend ihre Suppe weiter. Karin ließ sich davon nicht beeindrucken und begann, Smalltalk zu führen, musste aber feststellen, dass die einsilbigen Antworten und das

offensichtliche Desinteresse an einem Gespräch ihre Laune beeinträchtigten.
„Bravo“, dachte sie, „und an diesem Tisch soll ich es jetzt drei Wochen aushalten.“

Sie bestellte das vegetarische Menü und erlebte das nächste Desaster. Ihre geliebten ‚Kasnudeln‘- eine Kärntner Spezialität, von der sie normalerweise nicht genug bekommen konnte, schwammen in einer riesigen Butterlacke und wiesen einen enorm dicken Teigrand auf.
„Igitt!“, Karin kostete sie, auch die Topfenfülle schmeckte ziemlich eigenartig. Und wo in aller Welt war denn die Minze geblieben? Sie war doch ein wesentlicher Bestandteil dieses Gerichts.
Angewidert legte sie das Besteck auf den Teller zurück. Zum Glück gab es ein Salatbuffet, sie stand auf und bediente sich dort ein zweites Mal, denn sie war hungrig. Als sie zurückkam, waren die beiden Herren bereits verschwunden und Ernie, die aus einem kleinen Dorf in der Steiermark stammte, wie sie herausgefunden hatte, fragte verwundert: „Schmeckt Ihnen das Essen nicht? Ich bin so froh, dass ich nicht selbst kochen muss, mir mundet einfach alles hier.“

„Das ist auch eine Sichtweise“, dachte Karin und hoffte, dass der Koch vielleicht doch nur einen schlechten Tag gehabt hatte.

Samstagabend gab es ab 20 Uhr Unterhaltungsprogramm mit Musik. Obwohl Karin am liebsten wieder auf ihr Zimmer gegangen wäre, gab sie sich einen Ruck und marschierte Richtung Bar.
Schon von weitem hörte sie den Uraltschlager: ‚Du bist die Rose vom Wörthersee‘.
Sie musste lächeln, denn eine Erinnerung kam in ihr hoch. Genau dieses Lied hatte seinerzeit einer ihrer Lover in Wien bei einem Heurigen für sie bestellt, um sie zu beeindrucken. Oh Gott, wie lange war das schon her? 20, gar 25 Jahre?

Karin blieb beim Eingang stehen und ließ das Bild, das sich ihr bot, auf sich wirken. Einige Tische waren mit Paaren und kleineren Gruppen besetzt. An der Bar aufgefädelt saßen mindestens zehn Männer und eine einzige Frau. Alle starrten sie an, als sie zum Ende der Theke schlenderte und auf dem letzten Barhocker Platz nahm. In der anderen Ecke des Raumes thronte der Alleinunterhalter, der anscheinend südliche Wurzeln hatte und sicher auch schon an die 70 Jahre alt war. Er quälte sich tapfer

durch das Lied, zu dem sich drei Paare mehr oder weniger im Takt bewegten.
„Ich brauche ganz, ganz dringend Alkohol“, stellte Karin fest, „ansonsten überlebe ich diese Situation nicht.“
„Bitte ein Glas Rotwein. Welchen können Sie denn empfehlen?“, fragte sie den gelangweilt dreinblickenden Kellner.
„Wir haben nur einen Hauswein oder einen Zweigelt“, antwortete er.
„Na gut, dann ein Achterl Zweigelt und ein Glas Wasser, bitte.“
Viel hatte sie sich nicht erwartet, aber der Wein war wirklich kaum trinkbar.
„Auch schon egal, das passt zu dem ganzen Ambiente hier“, dachte sie.

Mittlerweile hatte sich die Musik geändert und es gab einen Disco-Fox aus dem Jahre Schnee: ‚Santa Maria‘. Ein älterer Herr bewegte sich in ihre Richtung, Karin nahm tapfer einen Schluck aus ihrem Glas und hoffte, dass der Kelch an ihr vorübergehen würde. Aber weit gefehlt, der Kavalier kam direkt auf sie zu, deutete eine Art Verbeugung an und bat sie um den Tanz. Karin schaffte es nicht, ihm eine Abfuhr zu erteilen und ergab sich ihrem Schicksal.
Forsch legte er den Arm um ihre Taille, zog sie an sich und begann in einem seltsamen Rhythmus zu tanzen. Sie versuchte sich ihm

anzupassen und war ziemlich damit beschäftigt, ihm nicht auf die Füße zu treten.
Die Unterhaltung war etwas einseitig, denn nachdem er herausgefunden hatte, dass sie gerade erst angekommen war, fühlte er sich bemüßigt, ihr Tratsch und Klatsch der Kuranstalt nahezubringen. Nach dem zweiten Tanz war sie von seinem Monolog so genervt, dass sie nur noch zu ihrem Wein zurückwollte. Das hatte sie von ihrer Gutmütigkeit. Als sie ihm für den Tanz dankte und erklärte, dass sie an die Bar gehen würde, zog er beleidigt von dannen.

Karin atmete erleichtert auf, setzte sich und bemerkte, dass der Typ neben ihr sie beobachtet hatte und sie verständnisvoll anlächelte. Zumindest war er in ihrer Altersklasse und sah sogar recht attraktiv aus. Karin erwiderte das Lächeln.
„Darf ich dich auf ein Getränk einladen? Vielleicht etwas Stärkeres? Du siehst so aus, als ob du es brauchen könntest."
„Ja, bitte, eine gute Idee, dann nehme ich ein Gin-Tonic."
„Prost! Ich bin Christian und du bist wahrscheinlich heute erst angekommen, ich habe dich nämlich noch nie hier gesehen."
Sie begannen zu plaudern, er hatte eine sehr angenehme Stimme, die Unterhaltung war

mühelos und lustig. Karin war froh, dass sie nicht ihrem ersten Impuls, gleich auf ihr Zimmer zu gehen, gefolgt war.

„Darf ich noch zwei Gläser bestellen?“, fragte Christian den Kellner einige Zeit später.
„Nein, tut mir leid, es ist gleich 22 Uhr, wir schließen pünktlich“, erwiderte dieser.
Sie konnten gerade noch den Rest austrinken, da kam auch schon der Nachtwächter und scheuchte sie auf. Karin hatte gar nicht bemerkt, dass sie bereits die letzten Gäste waren, so waren sie in ihr Gespräch vertieft gewesen.
„Hier herrscht wirklich Zucht und Ordnung“, bekräftigte sie, „na, dann gute Nacht.“
„Schlaf gut und träum was Schönes. Ich hoffe, wir laufen uns morgen wieder über den Weg“, antwortete Christian.

Am nächsten Morgen hatte Karin den Wecker auf sieben Uhr gestellt, brauchte ihn aber nicht, denn sie wurde bereits um sechs Uhr dreißig von einer Unterhaltung geweckt. Als sie verschlafen aus dem Fenster blickte, sah sie direkt unter sich eine kleine Gruppe von Menschen, die laut diskutierten und bereits ihre Morgenzigaretten genossen.
„Na wunderbar, der Raucherplatz ist direkt unter meinem Zimmer“, ärgerte sie sich. Seit

sich Karin vor vielen Jahren dieses Laster abgewöhnt hatte, war sie nicht gut auf rücksichtslose Raucher zu sprechen, und dass der Geruch bis in ihr Zimmer drang, trug nicht gerade dazu bei, sie fröhlicher zu stimmen.

Schnell versuchte sie, ihren Gedanken eine andere Richtung zu geben. Sich über Situationen aufzuregen, die sie nicht ändern konnte, das schadete nur ihr selbst. Diese Lektion hatte sie mittlerweile in ihrem Leben gelernt. Und wozu hatte sie so viel Geld für Bücher und Seminare ausgegeben, wenn sie die erlernten Weisheiten nicht anwendete? Jetzt war ein optimaler Zeitpunkt dafür.
Sie stellte sich vor den Spiegel, setzte ein Lächeln auf und sprach mehrmals laut vor sich hin: „Wherever you go, carry happiness with you.“ Und wie so oft wirkte dieser Satz. Aus dem gequälten Lächeln wurde ein herzliches Lachen.
„Genau. Was soll's? Ich bin da, um mir und meinem Körper etwas Gutes zu tun, und nicht, um mich zu ärgern.“
Rasch schlüpfte sie aus ihrem Nachthemd, nahm eine ausgiebige Dusche und zog den pinken Jogginganzug an, den sie sich extra gekauft hatte. Um acht Uhr hatte sie das Erstgespräch mit der Ärztin, danach einen Vortrag und den Rest des Tages frei. So hatte

man es ihr gestern erklärt. Den Wochenplan mit ihrem Programm könne sie sich am Nachmittag abholen und ab dem nächsten Tag würden dann die Kur-Anwendungen beginnen.

Die für sie zuständige Ärztin war äußerst freundlich und kompetent. Sie besprach mit ihr das weitere Vorgehen und die Therapien, wobei auch Karins Wünsche berücksichtigt wurden, soweit dies möglich war. So wurde sie zusätzlich zu vielen Bewegungsstunden eingeteilt, zum Indoor-Klettern und zu Yoga-Einheiten, sie bekam sogar ein paar zusätzliche Massagestunden verordnet.

Karin marschierte gut gelaunt in den Speiseraum. Leider musste sie wieder an den gleichen Tisch, erfreulicherweise war sie allein. Das Frühstücksangebot war überschaubar, die Obstauswahl bescheiden, dafür türmten sich verschiedene Sorten von billiger Wurst, fetten Aufstrichen und Käse in der Vitrine. Zum Glück gab es neben den Semmeln auch frisches Brot, Naturjoghurt und sogar noch ein paar einzelne Tomatenstücke und Gurkenscheiben. Nun gut, als Vegetarierin würde sie hier wenigstens nicht zunehmen. Nur der Kaffee war fürchterlich, aber das hatten diese Filterkaffees so an sich. Karin vermisste ihre Kaffeemaschine.

Nach dem bescheidenen Frühstück und dem anschließenden Vortrag genoss sie es, den restlichen Tag auf der Liegewiese zu verbringen. Diese war recht groß, sie suchte sich eine ruhige Ecke unter einem schönen Baum, abseits vom Schwimmbecken, wo Trubel herrschte und sich die Raucherclique wieder lauthals unterhielt. Es war angenehm warm, die Sonne schien und sie hatte sich genügend Lesestoff mitgenommen.
„Ach, geht es mir doch gut“, dachte sie, vertiefte sich in ihren Roman und vergaß bald alles um sich herum.
„Hallo, schöne Frau“, tönte es plötzlich neben ihr und als sie überrascht aufblickte, sah sie Christian vor sich stehen.
„Darf ich mich neben dich setzen?“ Ohne ihre Zustimmung abzuwarten, zog er seine Liege näher heran. „Oder störe ich dich?“, fragte er, als er ihren etwas abweisenden Gesichtsausdruck sah.
„Nein, nein, passt schon“, antwortete Karin und legte das Buch zur Seite. Schließlich war er weit und breit der Einzige, mit dem sie sich bis jetzt unterhalten hatte.
„Na, hast du den gestrigen Abend schon verdaut?“, lächelte er sie fragend an, „das wird schon, ich bin zum zweiten Mal hier und kann dir versichern, dass ich auch ein paar Tage

gebraucht habe, um mich einzugewöhnen.“ Sie plauderten noch eine Weile und die Zeit verging im Nu.
„Ich muss jetzt zu meinem nächsten Termin. Treffen wir uns später wieder an der Bar?“
„Ja, sehr gern“, antwortete Karin.

Das Abendessen verlief ähnlich wie am Vortag. Ihre Tischnachbarn schwiegen vor sich hin, waren nicht einmal an einer oberflächlichen Unterhaltung interessiert. Ernie brach in Entzücken aus, als sie ihren fetten Schweinsbraten serviert bekam, und der grantige, übergewichtige Wiener, dessen Namen Karin nicht verstanden hatte, weil er so nuschelte, schaufelte bereits den dritten Knödel in sich hinein.
„Ooom, ich bin ganz ruhig“, sagte sich Karin innerlich und untersuchte misstrauisch den gekochten Fisch, den sie gewählt hatte. Optisch sah er nicht nach einem Lecker- bissen aus, aber vielleicht war er ja geschmacklich…?
„Auf keinen Fall“, stellte sie fest, nachdem sie ihn gekostet hatte. Da war eindeutig noch viel Luft nach oben und auch das Gemüse war weichgekocht. Bereits nach ein paar Bissen schob sie den Teller wieder von sich, ignorierte die verächtlichen Blicke der Herren am Tisch und holte sich eine zweite Portion Salat. Was für ein Segen, dass es dieses Salatbuffet gab!

„Und der Koch schien gestern nicht nur einen schlechten Tag gehabt zu haben“, dachte Karin. „Ich glaube kaum, dass ich mich an dieses Essen gewöhnen werde…“

Anschließend traf sie Christian wie verabredet an der Bar und sie setzten ihre Unterhaltung fort. Er war sehr aufmerksam und an allem interessiert, was Karin erzählte. Sie fühlte sich sehr wohl in seiner Gesellschaft und freute sich, als er sie fragte: „Hast du Lust, am Sonntag etwas mit mir gemeinsam zu unternehmen? Ich schlage vor, nach Kranjska Gora zu fahren. Der Ort ist sehr nett, wir könnten einen Spaziergang machen und es gibt dort auch eine hervorragende Pizzeria.“
„Ja, sehr gerne, ein wenig Abwechslung zu dem Speiseplan hier kann auf keinen Fall schaden“, lachte sie.

Die nächsten Tage vergingen recht rasch. Tagsüber war sie mit ihren Therapien beschäftigt, zwischendurch ging sie schwimmen, laufen oder genoss lesend die Sonne auf ihrer Liege. Abends saß sie öfter mit Christian auf der Terrasse und sie freute sich schon auf Sonntag, denn er wurde ihr immer vertrauter und beim Verabschieden hatte er sie das letzte Mal in die Arme genommen, was sie sehr genossen hatte.

Samstagmittag kam Christian an ihren Tisch. Er wirkte etwas verlegen, als er fragte: „Hast du ein paar Minuten Zeit für mich?“
„Ja, klar, komm, lass uns einen Espresso trinken“, antwortete Karin. Sie setzten sich an einen kleinen Tisch im Freien, sie blickte ihn erwartungsvoll an.
„Es geht um morgen“, begann Christian. „Ich muss leider unsere Verabredung absagen.“ Er zögerte.
„Wie du ja weißt, bin ich bereits das zweite Mal hier im Warmbad. Und letztes Jahr habe ich eine Frau kennengelernt, die in der Nähe wohnt und die ich dann auch mehrmals in Wien getroffen habe. Jetzt hat sie mich angerufen, wir haben uns gestern Abend verabredet und wir wollen uns auch weiterhin sehen. Ich finde dich sehr interessant und habe unsere Gespräche auch genossen, aber mehr wird es nicht mit uns.“
Erleichtert, dass er mit der Wahrheit herausgerückt war, sah Christian sie an.
„Ja, klar, ich finde es fair von dir, dass du mir das so ehrlich erzählst.“ Karin bemühte sich, gelassen zu wirken.
„Dann muss ich mir für morgen etwas anderes überlegen, einen ganzen Sonntag allein hier halte ich wirklich nicht aus.“

Am Nachmittag nahm Karin ihr Handy zur Hand. Sie brauchte dringend Abwechslung, auch wenn sie so cool reagiert hatte, es war ihr schließlich doch nicht ganz egal. Frust machte sich breit. Nicht einmal ein Kurschatten war ihr vergönnt!
Sie durchsuchte das Namens-verzeichnis. Halt – ja, Anja hatte sie schon lange nicht mehr gesehen. Die Freundin lebte mit ihrem Mann in Wernberg, das war ganz in der Nähe. Mit den beiden war es immer sehr lustig gewesen, vielleicht würden sie ja zufällig Zeit haben.
Kurzentschlossen wählte Karin die Nummer. Anja hob tatsächlich ab und freute sich, von ihr zu hören. Sie verabredeten sich für den nächsten Tag.
„Wir holen dich ab und fahren nach Tarvis, dort kennen wir ein sehr nettes Lokal, in dem man ausgezeichnet essen kann.“ Erleichtert legte Karin auf - zumindest der Sonntag war gerettet.

Als Anja und Dietmar sie am nächsten Vormittag abholten, war Karin schon wieder gut gelaunt. Sie hatte bereits einen langen Morgenlauf im angrenzenden Wald hinter sich und anschließend war sie eine halbe Stunde geschwommen. Um diese Uhrzeit hatte sie das Schwimmbecken ganz für sich. Was für eine Wohltat! Die Sonne schien und die Aussicht auf einen Tag in ‚Bella Italia‘ bewirkte, dass sie

einen italienischen Schlager summte, während sie rasch die Treppen hinunterlief. Was für ein Glück, dass sie so gute Freunde hatte.
„Wenn man Single ist, dann ist ein großer Freundeskreis wahrlich sehr hilfreich“, dachte sie und verspürte Dankbarkeit.

In Tarvis schlenderten sie durch die Altstadt. Auch wenn es nur ein Katzensprung über die Grenze war, es war Italien – und das bedeutete für Karin ein anderes Feeling. Die Melodie dieser Sprache, das Gestikulieren, die Lautstärke, die Heiterkeit der Menschen – was für ein Gegensatz zur Kuranstalt! Hier herrschte Leben, die Geschäfte hatten natürlich geöffnet und da Anja gerne shoppte, zog sie Karin in eine kleine Boutique, deren Besitzerin sie persönlich kannte.
Im Geschäft hing ein großes Schild mit ‚Saldi‘ und da konnte selbst Karin nicht widerstehen, obwohl sie normalerweise sehr überlegt einkaufte. Aber an diesem Tag brauchte sie unbedingt ein Erfolgserlebnis und als sie die sonnengelbe Bluse mit dem raffinierten Schnitt am Ständer hängen sah, wusste sie - die Entscheidung war gefallen. Sie passte wie angegossen und betonte wunderbar ihren schönen Busen.
„Die nehme ich“, sagte sie kurzentschlossen zur Verkäuferin.

Auch Anja war mit einer schicken Hose und passendem Oberteil fündig geworden. Sie hatten schon bezahlt, als Karins Blick auf ein Paar Schuhe fiel. Ein paar sonnengelbe Ledersandaletten mit hohem Absatz und einem zarten Riemchen standen in der Vitrine neben dem Ausgang.
„Die sind bezaubernd“, meinte Anja, „und sie passen perfekt zu deiner Bluse. Schau mal!“
„Aber was mache ich mit so hohen Pumps?“, fragte Karin. „Seit meiner Hüft-OP gehe ich die meiste Zeit mit flachen Schuhen oder Sneakers.“
„Schau, der Absatz ist breiter, da merkt man die Höhe gar nicht so, probiere sie doch zumindest einmal an.“
Karin schlüpfte hinein, sie passten perfekt und wirkten mit der großen Masche sehr elegant. Allerdings stockte ihr beim Blick auf das Preisschild fast der Atem.
„Nein, die sind mir viel zu teuer!“
„Signora, sie kosten jetzt nur die Hälfte“, wandte die Verkäuferin mit charmantem Akzent ein.
„Karin, gönn‘ dir doch was! Wer weiß, vielleicht brauchst du sie für ein nächstes Date, falls dein Kurschatten doch noch auftaucht“, scherzte Anja.
„Na gut, du hast ja recht“, erwiderte sie lachend und bezahlte.

Gut gelaunt betraten sie die Bar nebenan, in der Dietmar schon auf sie wartete und rasch drei Aperol bestellte.
„Ich freu mich so, dass ihr Zeit für mich habt. Auf unser Wiedersehen!“, prostete sie ihren Freunden zu.
Da sie sich schon so lange nicht mehr gesehen hatten, gab es viel Gesprächsstoff und die Zeit verging wie im Nu. Sie wechselten von der Bar in das Fischlokal, das sich nur ein paar Häuser weiter befand. Schon beim Anblick der Speisekarte lief Karin das Wasser im Munde zusammen. Endlich wieder einmal richtig gut speisen.
Sie bestellte ‚Spaghetti vongole‘, ‚Pesce alla griglia con verdure‘ und sogar ein ‚Tiramisu‘ als Nachtisch - und genoss jeden einzelnen Bissen davon. Dietmar goss exzellenten Weißwein in ihr Glas und Karin war einfach nur glücklich. Glücklich, gesund zu sein, so liebe Freunde zu haben und so einen wundervollen Tag mit ihnen zu verbringen.

Ein Blick auf die Uhr zeigte leider, dass es schon kurz nach neun war. Sie mussten rasch aufbrechen, denn Karin sollte ja pünktlich wieder in der ‚Anstalt‘ sein. Da gab es kein Pardon, um zehn wurde der Eingang zugesperrt. Bettruhe war angesagt, ungeachtet der

Tatsache, dass es Hochsommer war und gerade erst dämmerte.

Die folgende Woche verlief unaufgeregt. Die Therapien taten ihr gut und sie machte viel Bewegung. Schon frühmorgens, manchmal bereits um sechs Uhr, lief sie ihre Runde im angrenzenden Wald. Ausgeschlafen war sie, denn außer Fernsehen stand ja abends nicht viel am Programm. Zwei-, dreimal hatte sie mit einigen älteren Damen Karten gespielt - und das eigentlich auch nur aus reiner Verzweiflung, weil ihr langweilig war. Allein an der Bar zu stehen, freute sie auch nicht, vor allem seit sie Christian turtelnd mit seiner Eroberung vom Vorjahr getroffen hatte.

Irgendwie verging die Zeit dennoch rasch und die letzten Tage ihres Aufenthalts waren angebrochen.
„Heute ist wieder Anreisetag“, sagte Gerti zu ihr, als sie zu Mittag bei einem Kaffee auf der Terrasse saßen.
„Begleitest du mich am Abend? Ich wollte sehen, welche neuen Gäste angekommen sind.“
Gerti war ungefähr im selben Alter wie Karin, ebenfalls Single und sie unterhielten sich gelegentlich miteinander.
„Eigentlich habe ich keine Lust“, meinte Karin und dachte mit Schaudern daran, dass ja wieder

‚Bunter Abend' war und der Alleinunterhalter am Programm stand.
„Komm, sei nicht fad, auf ein Glaserl kannst du ja mitkommen", bekniete sie Gerti.
„Na gut", gab Karin nach.
„Wir treffen uns um acht direkt an der Bar."

Lustlos stocherte sie am Abend in ihrem Essen. Heute hatte sich der Koch wieder einmal selbst übertroffen. In der Gemüsebrühe - die großartig als ‚Minestrone' auf der Speisekarte stand - schwammen einzelne Karotten, ein klein wenig Brokkoli und ein paar Erbsen. Und die Nudeln im vegetarischen Auflauf waren viel zu weich. Nach mehr als zwei Wochen konnte sie auch dem Salatbuffet, das tagein, tagaus gleich aussah, nichts mehr abgewinnen. Zumindest ein klein wenig Abwechslung hätte es doch geben können!
Karin seufzte. Sie freute sich jetzt schon sehr auf ihr Zuhause und ihre selbst gekochten Gerichte. Seit ein paar Tagen hatte sie eine angenehmere Gesellschaft am Tisch, denn die beiden Herren waren zum Glück abgereist. Mit dem neu dazugekommenen Ehepaar konnte sie sich wenigstens gut unterhalten.

Als Karin an die Bar kam, war Gerti schon da und hatte bereits zwei Gin-Tonic bestellt. Genau wie an ihrem ersten Abend standen

hauptsächlich Männer dort, aber Karin würdigte niemanden mehr auch nur eines Blickes, sie wollte einfach nur ihre Ruhe haben. Sie unterhielt sich blendend mit Gerti, die sehr humorvoll war und mit der sie auch jetzt wieder herzlich lachen musste, als diese von ihren vergangenen Erlebnissen mit Liebhabern erzählte.
Plötzlich wurden sie unterbrochen. Ein schwarzhaariger, nicht allzu großer, unverschämt gutaussehender Mann, ziemlich sicher südländischen Ursprungs, kam auf sie zu und bat Karin charmant um den nächsten Tanz. Verblüfft blickte sie ihn an, sie hatte gar nicht bemerkt, dass die Musik bereits begonnen hatte.
„Ja, sehr gerne", antwortete sie und warf Gerti einen entschuldigenden Blick zu.
Der Entertainer spielte einen langsamen Walzer, einen ihrer Lieblingstänze.
„Mein Name ist Domenico", stellte er sich mit leichtem Akzent vor. „Und wie heißt du?"
„Ich bin Karin."
Er tanzte sehr gut, es fühlte sich leicht und selbstverständlich an, wie er sie führte.
„Du bist sicher nicht zur Reha hier?", platzte es aus ihr heraus, denn er wirkte ziemlich deplatziert, auch wie er angezogen war.
Domenico lachte und antwortete: „Nein. Zum Glück nicht."

Er blickte sich um und sah sie dann mit seinen braunen Augen an: „Aber du wohl auch nicht. Oder?"
„Leider doch, irgendwie ist alles dumm gelaufen und ich bin froh, dass ich nur mehr ein paar Tage ausharren muss. Und was machst du dann hier?", meinte Karin.
„Mein Geschäftspartner hat mich mitgenommen, er hat heute Abend eine Verabredung und mich hier einstweilen quasi- wie sagt man? - geparkt."
Karin musste lachen. „Aus welcher Stadt in Italien kommst du?"
„Da Milano", antwortete er.
Inzwischen war bereits der dritte Tanz zu Ende.
„Komm, gehen wir zurück an die Bar. Ich möchte Gerti nicht so lange allein lassen."
„Naturalmente, andiamo."
Zum Glück unterhielt sich diese bereits intensiv mit einem Mann und zwinkerte ihr zu, sodass sich Karins schlechtes Gewissen sofort wieder verabschiedete.

Domenico war sehr charmant und zuvorkommend und sie unterhielten sich über viele unterschiedliche Themen.
„Tja, es geht nichts über einen kultivierten Italiener", dachte Karin und genoss seine Aufmerksamkeit und seine spannenden Erzählungen.

Beim Abschied küsste er sie rechts und links auf die Wange.
„Und wie gut er roch, nach Moschus, das ist bestimmt dieses Parfum von Armani", überlegte sie, aber im Moment fiel ihr der Name nicht ein.
„Gibst du mir deine Telefonnummer? Ich würde dich morgen gerne zum Essen einladen. Ich kenne ein sehr schönes Lokal in Villach. Möchtest du?", fragte Domenico sie.
Und wie Karin wollte….

Am nächsten Morgen erhielt sie eine SMS: „Vielen Dank für den schönen Abend gestern, ich habe ihn sehr genossen. Ich hoffe, du hast gut geschlafen. Wenn es dir recht ist, hole ich dich heute um 18 Uhr ab, ich freue mich, sehr. Bacio, Domenico."
„Wow, was für ein Mann!", Karin lächelte. „Was soll ich heute Abend nur anziehen?" Die Frage aller Fragen.
„Eigentlich kommt sowieso nur ein Outfit in Frage: die weiße, leichte Sommerhose, das neue Top und die wunderbaren gelben Schuhe."
Zwar hatte sie diese noch nie getragen und dann war da der ungewohnte, hohe Absatz…
„Aber ich muss ja nicht weit laufen und sitze die meiste Zeit", beruhigte sie sich selbst.

Der Rest des Tages verging recht langsam, das war immer so, wenn sie sich auf etwas freute. Die Minuten schlichen dann nur so dahin, aber wehe, wenn es anders war, wenn sie zum Beispiel mit jemandem beisammen war, den sie mochte, oder ein wunderbares Konzert besuchte – dann schrumpften die Stunden zu Minuten.

Als Karin pünktlich zum Eingang kam, stand da schon ein schwarzer Porsche.
„Was für ein Klischee", dachte sie, als sie den elegant gekleideten Italiener sah, der freudestrahlend auf sie zukam.
Domenico küsste sie auf beide Wangen: „Ciao bella, du siehst entzückend aus!"
Karin lächelte und freute sich über dieses Kompliment. Aus den Augenwinkeln nahm sie die Blicke und das Getuschel der anwesenden Kurgäste wahr. Hoffentlich war auch Christian dabei, er sollte sie ruhig mit ihrer Eroberung sehen. Sie hakte sich bei Domenico unter und schritt graziös an seinem Arm zum Auto. Was für ein großartiger Mann – diese Situation war Balsam für ihre Seele.

In Villach parkten sie etwas außerhalb der City bei seinem Hotel.
„Es macht dir doch nichts aus, dass wir einen kleinen Spaziergang bis zum Lokal machen? So

kann ich auch Alkohol trinken, wenn ich das Auto stehen lasse“, bat Domenico.
„So weit wird es doch nicht sein. Oder?“
„Aber nein, ist ja nur eine kurze passeggiata“, antwortete er in seinem klangvollen Akzent.
Karin war mulmig zumute. Wer weiß, was Südländer unter ‚kurz‘ verstehen? Aber sie traute sich nicht, etwas zu entgegnen. So machten sie sich auf den Weg, doch nach bereits zehn Minuten schmerzten ihre Füße und sie spürte, wie das Riemchen an ihrer Ferse zu reiben begann.
„Oh Gott, das wird doch wohl keine Blase werden?“, hoffte sie und versuchte fröhlich zu klingen.
„Wie weit ist es denn noch?“
„Nur mehr ein paar Minuten, cara mia.“
Tapfer marschierte Karin weiter und konzentrierte sich auf die Fragen von Domenico, ohne sich etwas anmerken zu lassen. Einige Minuten später - gefühlt waren es zwanzig - trafen sie beim Restaurant ein. Erleichtert setzte sie sich und streckte ihre Beine aus.

Sie blickte sich um, das Ambiente gefiel ihr sehr. Sie saßen in einem kleinen Garten mit vielen Blumen und eine vielversprechende Speisekarte lag vor ihr. Als der eiskalte Aperol in genau der orangen Farbe, die sie liebte,

serviert wurde, war sie vollends versöhnt und hatte die Anstrengung beinahe wieder vergessen.
„Auf einen wunderbaren Abend!“ Domenico hob sein Glas und prostete ihr zu.
Als er ihr in die Augen blickte, spürte Karin ein Kribbeln im Bauch. Er gefiel ihr zunehmend besser. „Und wer weiß, wie der Abend endet?“, dachte sie.

Sie waren gerade beim Nachtisch angelangt, einer Komposition für zwei, bestehend aus einer knusprigen Waffel, gefüllt mit frischem Obst und selbstgemachtem Erdbeereis, als Domenicos Handy läutete.
„Entschuldige bitte einen Moment.“ Er hob ab: „Pronto?“
Dann war kurz Stille, gefolgt von einer Flut italienischer Worte.
„Si, si, sono felice di vederti.“ Er legte auf und blickte Karin an.
„Mein Geschäftspartner ist mit seinem Meeting schon fertig und kommt zum Digestivo. Ich hoffe, das ist dir recht?“
Karin nickte und dachte insgeheim: „Na klar, wenn der genauso ein Prachtkerl ist wie du....“
Eine halbe Stunde später, sie hatten bereits Espresso und Averna vor sich stehen, betrat ein glatzköpfiger, sehr sportlicher Südländer den

Gastgarten. Er näherte sich ihrem Tisch, Karin sah ihn an und dachte nur: „Wow!"
Domenico allerdings begann zu strahlen, sprang auf und ging ihm ein paar Schritte entgegen. Sie umarmten und küssten sich innig. Karin blieb der Mund offen stehen.
Als die beiden vor ihr standen und Domenico sagte: „Cara mia, das ist Paolo, mio amico", klappte sie ihn allerdings rasch wieder zu und setzte ihr schönstes Lächeln auf.
„Aha, so war das also…"
Es wurde noch ein anregender und unterhaltsamer Abend, an dem sie eine zweite Flasche Wein tranken und sehr viel miteinander lachten. Um halb zehn verabschiedete sich Karin, sie musste ja leider los, das bestellte Taxi wartete schon. Beide Männer umarmten sie herzlich und wünschten ihr alles Gute.

Am nächsten Morgen erwachte sie mit einem Kater, entsetzlichen Kreuzschmerzen und einer Riesenblase auf ihrer Ferse.
„Na, wunderbar, das hat sich ausgezahlt, dass ich diese Schuhe angezogen habe", seufzte sie. „Es ist wirklich ungerecht. Warum sind es bloß immer diese attraktiven, wunderbaren, intelligenten, humorvollen und gebildeten Männer, die der Damenwelt verlorengehen?"

Blind Dates

Unverhofft kommt oft

Dany blickte auf ihr Handy. Bling – wieder ein neues Match.
„Herbert, 56, Hobbys: Motorradfahren, Tennis, Wandern, Kochen, Psychologie. Ich lebe in Klagenfurt, bin geschieden und würde gerne wieder eine Frau verwöhnen.“
Sein Foto sah vielversprechend aus. Sie zoomte das nächste Bild heran.
„Er wirkt sportlich und sympathisch“, dachte sie. Warum nicht? Sie hatte nichts zu verlieren.

Diesen Sommer verbrachte sie am Wörthersee und da sie viel Zeit hatte, loggte sie sich wieder einmal bei einer Dating-App ein. Zumindest zum Tennisspielen hätte sie gerne einen Partner und vielleicht auch hin und wieder jemanden zum Ausgehen. Sie wollte so schnell wie möglich ein Treffen vereinbaren. Das ewige Hin- und Herschreiben brachte sowieso nichts. Die Erfahrung hatte sie gelehrt, dass Papier geduldig war - und die Fotos oft uralt. Bei den Angaben wurde auch sehr viel gelogen. Was das Alter anbelangte, da hatte sie schon ihre blauen Wunder erlebt.

Also antwortete sie Herbert und vereinbarte ein Treffen für den übernächsten Tag in einem Lokal in Velden, das auch er kannte. Mit der Weitergabe ihrer Telefonnummer wartete sie noch, aber Herbert gab ihr seine. Somit wusste sie, dass sie mit ihm in Kontakt treten konnte, wenn es notwendig war.

Freitag war einer der heißesten Tage des bisherigen Sommers, es hatte mindestens 35 Grad. Dany verbrachte den Nachmittag im Bad und ärgerte sich, dass sie schon gegen fünf aufbrechen musste, denn sie wollte pünktlich sein. Am liebsten wäre sie noch eine Runde in dem wunderbar warmen See geschwommen und hätte anschließend einen Drink auf der Terrasse genommen. Der Gedanke, nach Hause zu fahren und sich umziehen zu müssen, um diesen Typen zu treffen, widerstrebte ihr ganz plötzlich.
„Soll ich mir überhaupt die Haare waschen?“, dachte sie, als sie ihr Appartement betrat. „Nein. Wozu diese Umstände? Ich stecke sie einfach hoch.“
Die kalte Dusche war sehr erfrischend.
„Was ziehe ich nur an?“
Zum Aufbrezeln fehlte ihr die Lust. Sie wählte ein luftiges Sommerkleid, flache Sandalen - wer weiß, wie groß er wirklich ist? -, nahm ein

bisschen Wimperntusche und Lipgloss. Fertig. Mehr brauchte es nicht zu sein.

Als sie wieder in ihr Auto stieg, stand ihr gleich der Schweiß auf der Stirn, so brütend heiß war es immer noch.
„Am liebsten würde ich absagen“, schoss es ihr durch den Kopf. Aber das kam natürlich für sie gar nicht in Frage. Ausgemacht ist ausgemacht.
„Ich möchte auch nicht, dass mich jemand versetzt“, sprach sie sich selbst aufmunternd zu. „Vielleicht ist er ja ein großartiger Mann. Wer weiß, was ich versäumen würde?“
Viele ihrer Freundinnen hatten schon die Liebe ihres Lebens auf solch einschlägigen Plattformen gefunden. Und einige hatten tatsächlich auch geheiratet. Alles war möglich. Vielleicht würde es schlicht und einfach ein lustiger Abend in angenehmer Gesellschaft werden.

Es war Punkt 19 Uhr, als sie beim vereinbarten Treffpunkt ankam. Sie überblickte die Tische. Es war kein einzelner Herr zu sehen.
„Macht nix“, dachte sie, „er wird ja sicher jeden Moment kommen.“
Sie wählte einen freien Platz im Schatten und beschäftigte sich intensiv mit der Getränkekarte.

„Was darf ich Ihnen bringen?“, fragte sie der Kellner und lächelte sie an.
„Ich warte noch ein paar Minuten, bis meine Begleitung kommt“, erwiderte Dany. Sie blickte auf die Uhr. Schon zehn nach sieben, wo blieb denn nur dieser Typ? Langsam machte sich Unwillen in ihr breit. Nach weiteren fünf Minuten rief sie dem Kellner zu: „Ein Tonic mit Eis, bitte!“
Danach suchte sie die Telefonnummer, die ihr Herbert gegeben hatte. Sie wählte mit unterdrückter Nummer, nach dreimaligem Läuten fragte jemand: „Hallo, wer spricht denn da?“
Sie merkte, wie sie grantig wurde. „Da spricht Dany, dein Date, ich sitze hier wie ausgemacht beim Rocket Room und warte. Wo bist du denn?“
„Was ist denn bei euch in Velden los?“, ertönte eine Stimme im Kärntner Dialekt.
„Es gibt keine freien Parkplätze. Ich bin jetzt bei der Tankstelle, bitte warte auf mich, es dauert nur mehr zehn Minuten“, klang es beschwichtigend durch den Hörer.
Dany überlegte und meinte dann: „Ok, gut, zehn Minuten warte ich noch!“
Jetzt war es mittlerweile halb acht und so ein Verhalten war ein No-Go für sie, überhaupt beim ersten Treffen. Aber gerade aus diesem

Grunde wollte sie jetzt wissen, wie dieser Herbert aussah.
„Manchmal passiert einfach etwas Unerwartetes", flüsterte eine leise Stimme in ihrem Inneren. „Sei doch nicht immer so streng!"
„Zumindest entschuldigen hätte er sich können und nicht so einen Unsinn wegen des Parkplatzes erzählen", erwiderte sie dieser Stimme „Und wer bitte sollte ihn überhaupt um diese Zeit mit unterdrückter Nummer anrufen? Sehr intelligent schien der Herr auch nicht zu sein", schloss sie daraus.

Der Kellner brachte ihr Getränk und lächelte verständnisvoll. Anscheinend hatte er zumindest einen Teil des Gesprächs mitgehört.
„Mit Verlaub, wer so eine attraktive Frau warten lässt, ist einfach dumm", versuchte er sie zu trösten.
„Danke für das Kompliment, es ist ein Blind Date, er kennt mich noch gar nicht", erwiderte Dany.
„Da weiß er aber nicht, was ihm entgeht", antwortete er charmant, „er taucht bestimmt gleich auf."

Mitnichten. Niemand tauchte auf. Und Dany bemerkte, wie Wut in ihr hochstieg. So ließ sie sich nicht mehr behandeln. Früher hätte sie sich

vielleicht gekränkt, aber heute ging niemand mehr so mit ihr um.
Sie atmete mehrmals tief durch, nahm das Handy und schrieb eine Nachricht an Herbert: „Was immer dir dazwischengekommen sein mag, es rechtfertigt auf keinen Fall dein Verhalten. Jemand, der seine Mitmenschen so respektlos behandelt, den will ich gar nicht mehr kennenlernen."

Als sie „Zahlen, bitte" rief, kam der Kellner und fragte sie: „Darf ich Sie auf ein Glas Wein einladen? Ich habe in zehn Minuten Dienstschluss und ich würde gerne etwas zu einem positiveren Männerbild beitragen, es wäre mir ein Vergnügen!"
„Mir auch", antwortete Dany lächelnd…

Der Wanderpokal

Margaretes Handy klingelte, ihre Freundin Gertraud war am Telefon.
„Wie geht es dir, meine Liebe? Was macht deine Männersuche?“, klang es aus dem Hörer.
„Frag mich lieber nicht! Du kannst dir gar nicht vorstellen, was ich wieder alles erlebt habe“, antwortete sie.
„Margarete, ich habe einen großartigen Mann für dich! Stell dir vor, beim letzten Bridgeturnier hat ihn mir eine Freundin vorgestellt. Eduard ist Witwer und etwa in deinem Alter. Intelligent, sehr sportlich, gute Manieren, auch sehr hilfsbereit und nett. Außerdem besitzt er ein Segelboot am Neusiedlersee. Du musst ihn unbedingt kennenlernen. Darf ich ihm deine Telefonnummer geben?“, sprudelte es nur so aus ihr heraus.
Spontan, wie Margarete nun einmal war, antwortete sie: „Von mir aus gern. Schlimmer als mein letztes Date kann er auch nicht sein. Zumindest kennst du mich und weißt, welcher Typ Mann zu mir passt.“

Margarete war letzten Sommer 70 geworden. Ihr geliebter Wolfgang war völlig unerwartet vor zehn Jahren an einem Herzinfarkt verstorben, von einer Sekunde auf die andere wurde ihr ganzes Leben auf den Kopf gestellt.

Es dauerte einige Jahre, bis sie den Tod ihres Partners überwunden hatte und von Tirol nach Wien übersiedelt war. Mittlerweile hatte sie es sich in ihrer kleinen Wohnung richtig gemütlich gemacht und seit sie in Pension gegangen war, lautete ihre Devise: „Ich liebe das Leben, die Liebe und die Lust."
Sie verfügte über einen riesigen Freundeskreis, besuchte viele Konzerte, ging ins Theater und in Ausstellungen. Außerdem hielt sie sich gerne in der Natur auf und ging mehrmals die Woche in Oberlaa walken. Sie „moderierte ihr Leben", wie Luise, ihre Schwester, zu sagen pflegte. Ihre Urlaube verbrachte sie gemeinsam mit Freundinnen oder sie machte eine Kur, um etwas für ihre Gesundheit zu tun.

In letzter Zeit bemerkte Margarete allerdings, dass sie sich doch nach einer Herzensbeziehung sehnte, denn so schön ihr Leben auch war, es fehlte ein wesentlicher Teil. Und so beschloss sie, sich auf einer Plattform anzumelden, um auf diesem Wege einen passenden Herrn kennenzulernen. Allerdings war das eine schwierige Sache, denn sie fühlte sich wesentlich jünger als sie war, die Männer in ihrem Alter ähnelten allerdings mehr ihren eigenen Vätern. Bis jetzt war es daher bei einmaligen Treffen geblieben und sie war bereits ein wenig frustriert.

Umso mehr freute sie sich auf den zu erwartenden Anruf von Eduard, denn immerhin kannte ihre Freundin sie gut und würde ihr sicher nur einen Mann empfehlen, der ihr auch gefiel. Dieser meldete sich auch sofort am nächsten Vormittag.

„Schönen guten Tag, hier spricht Eduard. Ich habe Ihre Telefonnummer von unserer gemeinsamen Bekannten Gertraud erhalten. Ich würde mich sehr freuen, wenn Sie mir die Ehre erweisen würden, Sie zu einem Tässchen Kaffee einzuladen, liebe Margarete."

Sie war sehr angetan von der klangvollen Stimme und meinte: „Ja, sehr gerne, lieber Eduard, es würde mich freuen. Wo haben Sie sich denn vorgestellt, dass wir uns treffen könnten?"

„Nun ja, ich weiß nicht so recht, irgendwo in der Stadt vielleicht, würde ich sagen. Hätten Sie eine Idee?", fragte er mit unsicherer Stimme.

Margarete war enttäuscht. „Ein Gentleman macht selbst Vorschläge und überlässt das nicht der Dame", dachte sie sich.

„Ich bevorzuge zum Beispiel die Bar des Hotels *Sacher* oder die des Hotels *König von Ungarn*", antwortete sie.

„Wie Sie möchten", überließ er ihr die Entscheidung.

„Na gut, dann nehmen wir den *König von Ungarn*, 16 Uhr passt Ihnen?“, setzte sie hinzu. „Ich reserviere dann auch gleich den Tisch.“
„Wunderbar, meine Liebe! Ich mag Damen, die wissen, was sie wollen.“

Am nächsten Tag überlegte Margarete bereits am Morgen, was sie denn zu ihrem Date anziehen könnte. Sie war eine richtige Lady und passend gekleidet zu sein, war für sie schon ihr ganzes Leben ein absolutes Muss. Ihr waren sowohl das Äußere eines Menschen als auch seine Umgangsformen sehr wichtig und sie selbst war diesbezüglich die Perfektion in Person.

Mit kritischen Augen begutachtete sie ihren Kleiderschrank. Sie überlegte laut: „Es handelt sich um eine Nachmittagseinladung, zwar ist das Lokal ein gehobenes, aber overdressed will ich auch nicht sein. Somit fällt das elegante Ensemble weg und auch der schwarze Hosenanzug passt sicher nicht. Es soll heute angenehme 25 Grad bekommen, aber falls das Rendezvous länger dauern sollte, brauche ich auf alle Fälle eine Jacke dazu und die Schuhe sollten auch bequem sein. Man weiß ja nie.“
Ein Sommerkleid mit kurzen Ärmeln wäre sicher passend, aber das knallrote würde Eduard vielleicht verschrecken.

„Das ist zu sexy, das hebe ich mir für ein anderes Mal auf", dachte sie.
„Vielleicht nehme ich das Gelbe?", fragte sie sich. Die Farbe stand ihr gut zu ihren schwarzen Haaren, die letzte Woche einen pfiffigen sommerlichen Kurzhaarschnitt erhalten hatten. Und sie besaß dazu passende gelbe große Ohrclips. Perfekt. Die schwarzen Pumps mit dem kleinen Absatz und die neue Lederhandtasche ergänzten das Outfit optimal.
„Und ich nehme die Jeansjacke, dann wirkt alles ein wenig jugendlicher", überlegte sie.
Genau. Jetzt war sie zufrieden und startete mit ihren Morgenritualen.

Margarete verließ rechtzeitig ihre Wohnung, um die U-Bahn in die Stadt zu nehmen. Absolute Pünktlichkeit zählte zu ihren Tugenden und diese erwartete sie natürlich auch von ihrem Umfeld. Also traf sie exakt um 16 Uhr ein und blickte sich um. Hatten sie nicht vereinbart, dass sie sich vor dem Hotel treffen? Es war weit und breit kein einzelner Herr zu sehen und so betrat sie hoheitsvoll die Lounge und marschierte Richtung Bar.
Sie ließ ihren Blick schweifen, es war niemand da, auf den die Beschreibung von Eduard zutraf.
„Zu spät kommen, so etwas geht wirklich gar nicht", dachte sie und ging zum reservierten

Tisch am Fenster. Kaum hatte sie Platz genommen und sich in die Karte vertieft, stürmte ein Herr auf sie zu.
Sein Gesicht war ziemlich gerötet und er klang aufgeregt, als er laut sagte: „Es tut mir ja so leid, dass ich zu spät bin, aber ich bin mit dem Rad hier und habe mich etwas in der Zeit verschätzt."
Leicht indigniert hob Margarete die Augenbrauen, als er ihr die verschwitzte Hand hinhielt und ein „Ich bin der Eduard" entgegentrompetete.

Sie musterte ihn verstohlen von unten nach oben. Schlank war er, ja, das stimmte und allem Anschein nach auch sportlich. Aber wer fährt schon mit dem Rad zum ersten Date? Und dann in diesem Aufzug. Passend vielleicht für die Tour de France, aber bestimmt nicht für die Bar im ersten Bezirk. Und was die Manieren anbelangte…
Margarete ließ sich nichts anmerken und lächelte freundlich.
„Haben Sie schon bestellt? Ich nehme ein Mineralwasser. Was darf der Kellner Ihnen bringen?", fragte er sie.
In Anbetracht der Situation orientierte sie sich um. „Ich hätte sehr gerne ein Glas Prosecco", antwortete Margarete.

„Ich trinke ja keinen Alkohol, maximal zu Silvester ein Gläschen zum Anstoßen“, musste Eduard anscheinend unbedingt loswerden.
„Auch noch Antialkoholiker. Gertraud, was tust du mir an?“, dachte sie sich.

Sie begannen sich zu unterhalten, und als sie Eduard fragte, wie lange er denn schon Witwer sei, holte er weit aus und erzählte endlos lange, wie großartig und wunderbar seine Frau gewesen sei und wie sehr er unter der Einsamkeit leide. Da er ohne Punkt und Komma redete, hatte Margarete genügend Zeit, ihn einer weiteren Betrachtung zu unterziehen. Gut kam der Arme nicht davon: Nicht nur, dass seine falschen Zähne mehr als eine Nuance zu weiß waren, er hatte auch gefärbte Haare. In Kombination mit seinem Outfit und seinem nicht vorhandenen Humor setzte sich nur ein Gedanke in Margarete fest: „Nein, nein und nochmals nein. Gertraud, um Gottes Willen, wieso hast du dir gedacht, dass dieser Mann zu mir passen könnte?“
Die nächsten anderthalb Stunden machte Margarete gute Miene zum bösen Spiel, denn sie wollte nicht unhöflich wirken. Ein zweites Glas Prosecco erleichterte ihr die Situation und als sie einen Blick auf die Uhr warf und erstaunt ausrief: „Ach, es ist ja schon halb sechs, die Zeit ist aber schnell vergangen, um 18 Uhr bin ich

zum Essen verabredet“, hoffte sie, dass sie nicht zu dick aufgetragen hatte.
Aber Eduard war so von ihr angetan, dass er ihr alles glaubte. Nachdem er bezahlt hatte und sie vor seinem Rad standen, fasste er sich ein Herz und fragte:
„Liebste Margarete, ich finde Sie wunderbar, ich darf Sie doch wiedersehen?“
„Ich rufe Sie an, Eduard. Also auf Wiedersehen und herzlichen Dank für die Einladung“, erwiderte sie und stolzierte davon.

Am Abend telefonierte sie mit Gertraud.
„Was um aller Welt hast du dir nur dabei gedacht, mich mit diesem Mann verkuppeln zu wollen?“, fragte sie ihre Freundin geradeheraus. „Jetzt kann ich sehen, wie ich aus dieser Nummer wieder rauskomme.“
„Sooo schlimm ist er doch auch wieder nicht“, antwortete diese. Ich habe es doch nur gut gemeint. Aber wenn ich nachdenke, dann muss ich dir doch recht geben: Du bist eine Lady und sicher eine Nummer zu groß für ihn. Vielleicht passt er doch besser zu Elly als zu dir.“
Margarete lachte und sagte: „Danke für diese gute Idee, meine Liebe, ich werde ihm Elly vorschlagen.“

Am nächsten Tag meldete sie sich bei Elly: „Stell dir vor, ich habe einen Mann kennengelernt, der passt zwar nicht zu mir, aber ich kann mir vorstellen, dass du vielleicht mit ihm harmonierst. Darf ich ihm deine Telefonnummer geben?“

So wurde Eduard in der Freundinnenrunde herumgereicht, bis er schließlich und endlich bei Birgit ein neues Zuhause fand und alle glücklich und zufrieden mit dieser Lösung waren.

Der Sieben-Euro-Typ

Es war 19 Uhr und Lydia drehte den Fernseher auf. Um diese Zeit lief ihre Lieblings-Talkshow, das Thema des Tages lautete: „Beziehungsstatus Single: Ich will mich wieder verlieben."
Sie nahm sich ein Glas Rotwein sowie etwas zum Lesen und machte es sich auf ihrer Couch bequem.

Lydia war seit zwei Jahren wieder Single. Ihre letzte Beziehung war eine Katastrophe gewesen, zwar hatte diese nur circa neun Monate gedauert, sie aber viele Nerven gekostet. Daher war sie sehr froh, eine Zeitlang einmal nur an sich selbst denken zu müssen und die Vorteile des Alleinseins genießen zu können. Jetzt stand allerdings der Frühling vor der Tür und sie hätte sich auch gerne wieder verliebt – so gesehen, passte das Thema genau zu ihrer momentanen Gemütslage.

Die Talkrunde bestand aus vier Frauen und drei Männern unterschiedlichen Alters, die einzeln vorgestellt wurden. Lydia blätterte nebenbei in ihrer Zeitschrift und hörte so mit einem Ohr mit.
Halt, was hatte da der Mann gerade gesagt? Sie legte die Zeitschrift weg und sah genau hin.

„Der sieht ja gut aus!“, dachte sie. Groß, dunkelhaarig, sehr seriös mit Anzug und Krawatte gekleidet, dazu eine originelle Brille. Sie setzte die ihrige auf, um den Namen zu entziffern: „Patrick, 42“ stand da.
Er erzählte gerade, dass er frisch geschieden sei und sich nach einer Frau sehne, mit der er ein neues Leben aufbauen könne. Seine Stimme klang sehr angenehm und auch die Art und Weise, wie er sprach, gefiel ihr.
„Der würde mich wirklich interessieren“, dachte Lydia. „Vielleicht schreibe ich da hin?“
Angeblich lernten sich immer wieder Paare auf diese Art und Weise kennen.
„Aber nein“, verwarf sie augenblicklich wieder ihre Idee, „wer weiß, was überhaupt wahr ist an dem, was er erzählt. Es geht doch bei solchen Fernsehsendungen immer nur um die Quote.“

Später am Abend wurde sie von ihrer Freundin Beatrix angerufen.
„Hast du heute die Talkshow gesehen? Da war ein großartiger Mann, ich habe gleich an dich gedacht, der wäre was für dich!“
Lydia musste lachen. „Lustig, dass du das sagst. Ich habe selbst überlegt, ob ich ihm schreiben soll, es dann aber wieder verworfen.“
„Nein, mach das doch! Was hast du schon zu verlieren?“, ermunterte ihre Freundin sie.

Lydia nahm es als Zeichen des Schicksals, dass Beatrix den gleichen Gedanken gehabt hatte. Und was sollte schon passieren? Wahrscheinlich bekam sie nicht einmal eine Antwort, so gut wie er aussah, schrieben ihm bestimmt unzählige Frauen.
Also setzte sie sich hin, verfasste ein paar witzige Zeilen, fügte einige Fotos dazu und sandte das Mail an die Redaktion, bevor sie wieder ins Wanken kam.

Bereits ein paar Tage später erhielt sie Antwort von Patrick. Er schrieb, dass er sie sehr gerne kennenlernen wolle und ob es für sie in Ordnung sei, wenn er sie anrufe. Lydia war überrascht und freute sich sehr, denn damit hatte sie wirklich nicht gerechnet, und so schickte sie ihm ihre Telefonnummer.
Als am Abend ihr Handy läutete und ein sonores „Hallo Lydia“ ertönte, war sie sofort von seiner Stimme angetan. Sie unterhielten sich prächtig, er klang unkompliziert, hatte Humor und sie lachten viel miteinander. Patrick war sehr interessiert an ihrer Person und fragte viel nach. Von sich gab er allerdings nicht sehr viel preis. Trotzdem dauerte das Gespräch mehr als eine Stunde und sie vereinbarten ein Treffen für den übernächsten Tag in einem ihrer Lieblingslokale, nur ein paar Schritte von ihrer Wohnung entfernt.

Am Freitag wartete Patrick bereits vor dem Eingang des Lokals auf sie.
„Hallo Lydia, schön, dich zu sehen, ich gestehe es dir gleich, ich habe nur sieben Euro dabei“, war der erste Satz, den er zu ihr sagte.
„Hi Patrick - ja, okay“, erwiderte Lydia, sie war ziemlich entgeistert ob dieser Begrüßung. Er ging voraus, hielt ihr die Türe auf und wählte den Tisch aus - ganz Gentleman. Sie legte großen Wert auf gute Manieren, also ergab dieses Verhalten schon einmal einen Pluspunkt für ihn.

„Ein kleines Soda mit einer Scheibe Zitrone bitte“, bestellte sie beim Kellner und Patrick schloss sich ihrem Wunsch an.
„Ich bin im Moment leider ziemlich knapp bei Kassa“, knüpfte er an seine Einleitung an. „Die Scheidung hat mich viel Geld gekostet - meine Ex-Frau ist Russin - und jetzt wohne ich bei meinem Bruder in Korneuburg, weil ich mir im Moment nichts Eigenes leisten kann. So, jetzt habe ich dir das Wesentlichste gebeichtet, ich hoffe, du sprichst trotzdem noch mit mir“, fügte er mit einem entwaffnenden Lächeln hinzu.
„Tja, zumindest bist du ehrlich“, mehr fiel Lydia im Moment dazu nicht ein.
„Was sind denn so deine Hobbys?“, wechselte Patrick das Thema und sie wandten sich den üblichen Dating-Fragen zu.

Nach anderthalb Stunden, in denen sie ihr Soda leergenuckelt hatten, beharrte Patrick darauf, beide Getränke zu bezahlen und sogar Trinkgeld zu geben.
„Ich melde mich bestimmt, wenn es mir finanziell wieder besser geht“, verabschiedete er sich und küsste sie auf beide Wangen.
„Du bist eine wundervolle Frau und ich würde dich wirklich gerne wieder treffen.“
„Das würde mich sehr freuen“, antwortete Lydia wahrheitsgemäß.

„Natürlich glaube ich nicht an ein Wiedersehen“, erzählte sie Beatrix, als sie diese am übernächsten Tag traf. „Er ist ein wirklich interessanter Typ und er gefällt mir außerordentlich gut - und das nicht nur optisch. Er ist intelligent, lustig und fürsorglich, aber ich brauche keinen Mann in meinem Leben, der keine eigene Wohnung hat und den ich durchfüttern muss.“

Etliche Monate später - Lydia war immer noch Single - läutete ihr Handy.
„Hier spricht Patrick, erinnerst du dich noch an mich?“
„Natürlich, der Sieben-Euro-Typ“, lachte sie ins Telefon. „Wie geht es dir? Ich bin überrascht, von dir zu hören.“

„Ich habe dir doch gesagt, dass ich mich melde, sobald ich wieder Fuß gefasst habe. Jetzt ist es so weit und ich würde dich gerne zum Essen einladen, vorausgesetzt du bist noch solo“, fügte er hinzu. „Immerhin ist ja einige Zeit vergangen seit unserem ersten Date und es würde mich nicht wundern, wenn so eine Traumfrau wie du mittlerweile bereits verheiratet wäre.“
„Danke für das Kompliment, du hast Glück, ich bin noch nicht vergeben.“
„Wunderbar, dann steht ja einem Wiedersehen nichts im Wege“, freute er sich und sie verabredeten sich für den nächsten Samstag bei einem Nobelitaliener in der Innenstadt.

Auch diesmal wartete er wieder vor dem Lokal auf sie, einen Strauß gelber Rosen in der Hand. Galant überreichte er ihr die Blumen, küsste sie rechts und links auf die Wange und sagte mit seiner sonoren Stimme: „Vielen Dank, dass du mir eine zweite Chance gibst.“
Lydia blickte ihm tief in die Augen und ihr Herz klopfte laut, als sie antwortete: „Jeder hat sie verdient. Nutze sie!“

Die Seerose

Caroline las sich das Mail bereits ein drittes Mal durch. „Ich würde mich sehr über ein Kennenlernen freuen, herzliche Grüße, Klaus." Der gesamte Text klang gut und war fehlerfrei geschrieben. Als ehemalige Lehrerin legte sie großen Wert auf korrekte Rechtschreibung, auch wenn sich heutzutage kaum jemand darum kümmerte. Leider hatte Klaus kein Foto beigefügt. Aber vielleicht war das ja auch ein Vorteil? Wie oft hatte sie schon Männer nach der Optik beurteilt und war dann enttäuscht worden. Sie hatte am kommenden Freitag noch nichts vor. Weshalb sollte sie sich nicht mit ihm treffen?

„Ich könnte einen Zeitpunkt am späteren Nachmittag wählen - zum Beispiel 17 Uhr - und sagen, dass ich zum Abendessen verabredet bin. So habe ich eine Ausrede parat, falls es doch nicht passen sollte", überlegte sie.
Caroline sicherte sich gerne ab, sie hatte mittlerweile einiges an Erfahrungen sammeln dürfen, seit sie wieder solo war. Nach 20 Jahren Ehe und einer zermürbenden Scheidung fühlte sie sich wieder für eine neue Beziehung bereit. Allerdings war sie ein wenig aus der Übung, was das Flirten anbelangte. In der heutigen Zeit schien einiges zwar einfacher, Dating-

Plattformen und -Apps gab es zur Genüge, aber die Spreu vom Weizen zu trennen, war trotzdem eine mühselige Geschichte.

Sie hatte auf eine altmodische Annonce in einer renommierten Zeitung geantwortet. Wer weiß, möglicherweise war das ja der erfolgreichere Weg? „Ich riskiere es einfach, vielleicht habe ich diesmal mehr Glück", überlegte sie, als sie Klaus antwortete.
Zwei Stunden später hatte er bereits geantwortet und ihr einen Vorschlag für ein Treffen unterbreitet.
„Ein Mann, der die Initiative ergreift, das gibt einen Pluspunkt für ihn", zeigte sich Caroline positiv überrascht. Und die Wahl der Sektbar zeugte von seinem guten Geschmack.

Freitag war ein warmer Frühsommertag und deshalb wollte Caroline zu Fuß von ihrer Wohnung in den vierten Bezirk spazieren. Sie wählte ein kurzärmeliges, rotes Sommerkleid, das ihr ausgezeichnet stand, und Pumps in der gleichen Farbe. Da sie nicht wusste, wie lange das Date dauern würde - von einer Stunde bis Mitternacht konnte sie sich alles vorstellen -, nahm sie zur Sicherheit noch einen weißen Blazer mit. Ihre dunklen Haare hatte sie frech zu einem Pferdeschwanz gebunden und die

Designersonnenbrille verlieh ihr etwas Keckes. Caroline drehte sich vor dem Spiegel.
„Perfekt“, dachte sie, „ich sehe wirklich um einiges jünger aus als ich bin.“
Zufrieden nahm sie ihre Handtasche und machte sich auf den Weg. Als sie Richtung Lokal schlenderte, überblickte sie schnell den kleinen Schanigarten.
„Er wird sicher einen Tisch im Freien reserviert haben, bei diesem Wetter“, überlegte sie. Es gab daher nur zwei einzelne Herren, die in Frage kamen, wobei einer davon wesentlich jünger als 52 aussah. Also blieb nur einer übrig.
„Oje, der sieht aber eher aus wie 62“, dachte Caroline. Und hatte er sich selbst nicht als ‚gutaussehend‘ bezeichnet?
Sie wappnete sich innerlich, als sie sich dem Eingang näherte und sah, wie besagter Herr ihr erwartungsvoll entgegenblickte. „Na dann, was soll’s“, sprach sie sich Mut zu, zauberte ein Lächeln auf ihre Lippen und warf ihm einen Blick zu, der besagte: „Ja, ich bin es!“
Daraufhin erhob er sich sofort, ging zwei, drei Schritte auf sie zu und fragte: „Caroline?“
„Schönen guten Tag, Klaus“, erwiderte sie. Er nahm ihre Hand, blickte ihr tief in die Augen und deutete einen formvollendeten Handkuss an. Sie war erstaunt - ein Kavalier der alten Schule. Gut, das gab einen weiteren Pluspunkt.

Sie musterte ihn diskret, aber mehr Vorteile fand sie leider nicht. Erstens war er bestimmt fünf Zentimeter kleiner als sie, ok, drei Zentimeter, aber das ging für Caroline schon einmal gar nicht, da war sie gnadenlos. Der Mann ihrer Träume musste unbedingt mindestens einen Meter achtzig sein.
Klaus trug ein grasgrünes Poloshirt - sie hasste Grün - und eine altmodische, schwarze Bundfaltenhose. Grauenvoll, wer trug denn heutzutage noch so etwas? Und er hatte das Shirt nach Altherren-Art in den Hosenbund gesteckt, ein absolutes No-Go. Dafür waren die schwarzen Schuhe blitzblank geputzt, ordentlich war er, das musste man ihm lassen.

„Bitte sehr“, er rückte ihr den Stuhl zurecht.
„Was darf ich bestellen? Ich würde Ihnen einen *Blanc de Blancs 2018 Brut* empfehlen. Er hat bei der London Wine Competition 2020 Gold erhalten“, gab er sich als Experte zu erkennen. Caroline, für die Sekt gleich Sekt war, Hauptsache, er war gut gekühlt, antwortete: „Sehr gerne.“
Er rief den Kellner und gab die Bestellung auf. Dann bückte er sich, holte eine braune Tasche hinter seinem Stuhl hervor und sagte: „Ich habe Ihnen etwas mitgebracht.“
„Aber das wäre doch nicht notwendig gewesen“, erwiderte Caroline. Erstaunt und

auch etwas neugierig öffnete sie diese und hob ein kleines Goldfischglas hervor, das drei Viertel mit Wasser gefüllt und oben mit einer Folie bedeckt war. Darin schwamm ein undefinierbares, längliches, grünes Etwas, das einem großen Pfefferoni mit Stiel ähnelte. Sie schluckte.
„Oh, vielen Dank, was genau…?"
„Das ist eine Seerose. Sie ist noch geschlossen und wird sich erst morgen früh bei Tageslicht öffnen. Ich habe sie extra heute aus der Donau für Sie geholt", erklärte Klaus freudig.
„Wie aufmerksam, so eine interessante Idee. Herzlichen Dank", stammelte sie und stellte das Glas vorsichtig wieder zurück.

Zum Glück wurde gerade der Sekt serviert. „Prost", Caroline nahm einen großen Schluck, den brauchte sie jetzt dringend.
„Und, hatten Sie schon viele Dates?", eröffnete sie die Fragerunde.
Üblicherweise mündete diese unweigerlich in einer - mehr oder weniger ausführlichen - Zusammenfassung der bisherigen Beziehungen. Klaus gehörte zu der Sorte Männer, die umständlich und weitschweifig erzählten. Er schien ein überaus korrekter und altmodischer Mensch zu sein, wie sie anhand seiner Ausführungen feststellte. Dabei war er

tatsächlich erst 52 Jahre alt, also fünf Jahre jünger als sie.
Als er langatmig über die psychotischen Zustände seiner Ex-Frau berichtete, hatte Caroline genügend Zeit, zu überlegen, wann genau der geeignete Moment wäre, sich zu verabschieden. „Aha, oje, nein wirklich?“, viel mehr brauchte sie im Augenblick zur Unterhaltung nicht beitragen.
„Wie bitte?“, fragte sie, jetzt hatte sie doch glatt komplett abgeschaltet.
„Möchten Sie noch ein Glas Sekt Caroline?“, wiederholte Klaus. Sie blickte auf ihre Uhr, es waren erst 40 Minuten vergangen.
„Ja gerne, eines nehme ich noch, aber spätestens in einer halben Stunde muss ich aufbrechen, ich bin zum Abendessen mit einer Freundin verabredet“, erklärte sie ihm.

„Und wie ging es dann mit ihrer Ex-Frau weiter?“, nahm sie den Faden wieder auf, denn sie hatte keine Lust, etwas Persönliches von sich preiszugeben. Das war auch gar nicht notwendig, denn Klaus war glücklich über seine aufmerksame Zuhörerin und erzählte und erzählte und erzählte.
Als sie ausgetrunken hatten, bezahlte er und meinte mit Bedauern in der Stimme:

„Jetzt habe ich ja fast gar nichts über Sie erfahren, wir müssen uns unbedingt wiedersehen!"
„Bestimmt, das machen wir“, antwortete Caroline, nahm die Tasche mit dem Glas und machte sich auf den Weg Richtung Naschmarkt.

Kaum war Klaus außer Sichtweite, atmete sie tief durch und rief ihre Freundin Verena an.
„Ist dein Date denn schon beendet?“, fragte diese.
„Ja, und du glaubst nicht, wie froh ich bin, dass er weg ist“, antwortete sie. „Bist du in der Nähe? Komm doch zum Naschmarkt, es ist so ein schöner Abend, ich brauche unbedingt noch ein Glas Wein und erzähle dir dann alles“, versuchte Caroline sie zu überreden.
„Nein, ich bin schon auf dem Weg nach Hause, das tut mir jetzt wirklich leid“, erwiderte Verena.
„Schade, da kann man nichts machen, dann muss ich wohl allein einen Absacker nehmen“, antwortete Caroline, leicht enttäuscht.

Am Naschmarkt bestellte sie ein Glas gelben Muskateller und stellte sich an ein Holzfass, welches vor dem Lokal als Tisch diente. So allein kam sie sich etwas verloren vor. Normalerweise waren sie beim Ausgehen

immer zu zweit, aber sie wollte jetzt einfach noch nicht nach Hause.
Sie sah sich um und musterte die anderen Gäste. Ihr vis-a-vis standen zwei junge Männer, bestimmt noch keine 40, die ihr zulächelten. Am Nebenfass ein älteres Pärchen und auf der anderen Seite eine kleine Runde junger Leute. Elisabeth holte ihr Handy hervor und beschäftigte sich damit, als plötzlich ein älterer Herr zu ihr trat und sein Glas abstellte, ohne sie zu fragen.
Er trug eine weite Hose, ein weißes Hemd und sah aus wie ein übriggebliebener Playboy aus den 70er Jahren. Seine Frisur war auch passend: Vokuhila – vorne kurz, hinten lang, das Ganze in Grau gehalten.
„Na, schöne Frau“, begann er anzüglich und grinste sie an. „So allein an diesem schönen Abend?“
Caroline merkte, wie sie wütend wurde. „Was ist das für ein Benehmen?“, rief sie. „Ich bin an einer Unterhaltung nicht interessiert.“
Sie nahm ihr Glas und ihre Tasche und ging forschen Schrittes an den Tisch der beiden jungen Männer. „Bitte rettet mich, darf ich hier mein Glas austrinken?“
„Aber selbstverständlich. So schlimm?“, fragte der Jüngere.
„Prost, ich bin Caroline und ja, ich habe heute schon ein furchtbares Date hinter mir und noch

so einen Typen ertrage ich einfach nicht mehr", lachte sie.
Es wurde ein langer Abend in lustiger Gesellschaft und mit einigen weiteren Gläsern Wein.
„Wozu überhaupt daten? Es gibt auch eine andere Art, Männer kennenzulernen", dachte Caroline, als sie sich gegen Mitternacht ziemlich beschwipst auf den Heimweg machte.

Am nächsten Morgen fand sie bereits eine Mail von Klaus vor. Er hatte ihr noch am späten Abend geschrieben. Schlaftrunken und noch etwas benebelt vom Vortag, las sie:
„Liebe Caroline, das war ein besonderes Kennenlernen für mich, vielen herzlichen Dank, ich habe mich ausgesprochen wohl mit Ihnen gefühlt. Sie sind eine wunderbare Frau und ich würde mich sehr glücklich schätzen, wenn wir uns wiedersehen und Sie mir mehr von sich erzählen. Seien Sie herzlichst gegrüßt von Klaus. P.S. Ich hoffe, die Seerose ist erblüht und macht Ihnen viel Freude."
Ach ja, der Pfefferoni. Elisabeth hatte das Glas - wie durch ein Wunder - heil nach Hause gebracht und auf den Küchentisch neben das Fenster gestellt. Sie nahm es nun genau unter die Lupe. Alles sah exakt so aus wie am Vortag - nicht die geringste Veränderung, obwohl genügend Licht vorhanden war. Sie nahm das

Glas, leerte es aus und warf die Rose in den Mistkübel.
„Wenn es der richtige Mann gewesen wäre, dann hätte ich diese Idee umwerfend gefunden - sorry, Klaus", dachte sie sich dabei.

Nachdem sie die erste Tasse Kaffee getrunken hatte, setzte sie sich zum PC und schrieb folgende Antwort:
„Lieber Klaus, vielen Dank für deine Zeilen. Ich bemühe eine Metapher: So wie sich die Seerose nicht geöffnet hat, so wird auch unsere Beziehung nicht erblühen, so leid es mir tut. Du bist ein interessanter Mann, aber ich bin nicht die Richtige für dich. Ich wünsche dir von Herzen alles Gute und hoffe, dass du bald die Frau findest, die zu dir und in dein Leben passt! Liebe Grüße Caroline."

Erleichtert schloss sie ihren Computer, im Moment hatte sie genug von Blind Dates.

Speed-Dating

Johanna sprach ihrer Freundin Monika Mut zu: „Schau, du bist jetzt endlich geschieden. Es wird höchste Zeit, dass du wieder unter die Leute gehst und andere Männer kennenlernst."
„Du hast leicht reden, ich weiß ja nicht einmal mehr, wie ich mich mit jemandem unterhalten soll", antwortete diese, „geschweige denn flirten, ich bin total aus der Übung!"

Monika war 30 Jahre mit Georg verheiratet gewesen und hatte neben ihrem anstrengenden Beruf als Physiotherapeutin auch den kompletten Haushalt geführt und sich rund um die Uhr um ihren Mann und ihre zwei Töchter gekümmert.
Für Hobbys oder ‚Me-Time', wie das heute so schön heißt, war da keine Zeit mehr geblieben. Weggehen, Freundinnen treffen oder allein etwas unternehmen war einfach nicht drin. Monika beklagte sich selten, sie war auch großzügig ihrem Mann gegenüber, der sehr wohl oft allein unterwegs war. ‚Berufliche Verpflichtungen', nannte er es.
Viele Jahre war ihr verborgen geblieben, dass er nebenbei Freundinnen hatte, wahrscheinlich wollte sie auch einiges nicht wahrhaben, denn Anzeichen hatte es natürlich öfter gegeben. Wie dem auch sei, vor zwei Jahren war für sie das

Limit erreicht und sie hatte endlich den Mut aufgebracht, die Scheidung einzureichen. Jetzt war sie seit ein paar Monaten glücklich geschieden und hatte ihr Leben neu geordnet.

„Du, ich habe neulich vom Speed-Dating gelesen. Das könnten wir doch einmal probieren. Was meinst du?“, fragte sie Johanna, die zurzeit auch wieder solo war. „Das klingt recht einfach, kostet nicht viel und ist bestimmt lustig.“
„Nein, ich weiß nicht, ich glaube, das ist nichts für mich“, erwiderte Monika.
„Aber genau da kannst du unverbindliche Gespräche üben und die Kontaktdaten werden nur weitergegeben, wenn beide es ausdrücklich möchten - also, es kann wirklich nichts passieren.“
Sie ging zu ihrem Computer und suchte die Website des Veranstalters. „Schau, am Samstag gibt es noch freie Plätze in der Gruppe der 50- bis 58-Jährigen, ich melde uns an, okay?“, versuchte Johanna sie zu überreden.
Monika zögerte, stimmte aber dann schließlich zu. „Du hast ja recht, wo soll ich denn sonst jemanden kennenlernen, im Alltag läuft mir ja kein passender Mann über den Weg.“

Am Samstag trafen sich die beiden Freundinnen um 17 Uhr auf ein Glas Sekt in einer Bar in der Innenstadt.
„Auf einen schönen Abend“, prostete Johanna Monika zu. Diese war ziemlich aufgeregt, denn das Vorhaben lag recht weit außerhalb ihrer Komfortzone.
„Schau, sieh es einfach als Chance, niemand kennt uns und du verpflichtest dich zu nichts“, versuchte Johanna sie zu beruhigen. „So, jetzt müssen wir aber los. Die Location ist im sechsten Bezirk, da fahren wir am besten mit der U-Bahn hin.“

Als sie dort ankamen, wurden sie von einer freundlichen Mitarbeiterin begrüßt und nach ihren Namen gefragt. Anschließend bekam jede von ihnen ein vorbereitetes Blatt in die Hand gedrückt, auf dem sie ihre Nummer - Monika war acht, Johanna neun - notieren sollten. Anschließend mussten sie sich trennen und einzeln an einen Tisch setzen.
Monika blickte sich um, die unterschiedlichsten Damen saßen bereits da, alle in ihrer Altersklasse, einige davon wirkten angespannt, andere hingegen eher gelassen.
„Ich brauche dringend etwas zu trinken“, überlegte sie und bestellte rasch ein Glas Sekt. Sie kam sich vor wie ein Lamm, das zur Schlachtbank geführt wird.

„Was hast du mir nur angetan, Johanna?“, murmelte sie vor sich hin und nahm einen großen Schluck Alkohol.

Die Herren hatten sich mittlerweile an der Bar formiert und Monika musterte sie aus der Ferne. „Na super, das wird was werden“, dachte sie. In diesem Moment griff die Veranstalterin zum Mikrofon, begrüßte alle Teilnehmenden und erläuterte kurz die Regeln.
„Die Damen bleiben bitte am jeweiligen Tisch sitzen, die Herren rücken immer einen weiter. Die Redezeit beträgt jeweils ungefähr sieben Minuten, kurz vor Ende wird eine Klingel ertönen und sie verabschieden sich dann bitte. Tragen Sie anschließend in die jeweilige Spalte passend zur Nummer der Dame oder des Herrn ein ‚Ja oder Nein‘ ein. Nur wenn bei beiden ein ‚Ja‘ steht, werden Ihnen die Kontaktdaten morgen per Mail zugesandt und Sie können sich verabreden. Alles klar, gibt es noch Fragen? Dann starten wir.“

Der erste Herr näherte sich ihrem Tisch. „Ich bin die Nummer fünf und heiße Wilfried“, stellte er sich vor.
„Freut mich, Monika.“
„Also Monika, wie alt bist du, was machst du beruflich, wo wohnst du, was erwartest du dir

von einem Partner?", schnarrte er herunter, als ob er keine Zeit verlieren wollte.
Sie schluckte, beantwortete aber alle seinen Fragen und auf die letzte meinte sie:
„Ich möchte getrennte Wohnsitze, Köchin und Putzfrau war ich lange genug. Eine Beziehung auf Augenhöhe ist mir wichtig…und Vertrauen…und meinen Freiraum brauche ich auch", ergänzte sie. Langsam kam sie richtig in Fahrt.
„Ich will die unangefochtene Nummer eins in seinem Leben sein. Außerdem wünsche ich mir einen aufmerksamen Liebhaber, der sportlich und großzügig ist", setzte sie noch eines drauf.
Wilfried wurde blass, aber bevor er noch zu einer Erwiderung ansetzen konnte, läutete die Glocke.
Monika nahm einen weiteren Schluck Sekt. So übel war das gar nicht, zumindest konnte sie einmal formulieren, was sie sich von einem Mann erwartete. Nummer drei sah wesentlich älter aus als 58 und beim Nachfragen stellte sich heraus, dass er bereits seinen 65. Geburtstag gefeiert hatte.
„Ich brauche eine jüngere Frau", war sein Argument, „alt bin ich selbst."
„Und ich möchte keine Krankenpflegerin sein", dachte Monika und malte ein weiteres Kreuz bei ‚Nein' auf das Blatt.

Und in dem Stil ging es weiter. Die meisten Herren hatten bei der Altersangabe geschummelt und jene, die wirklich in die Kategorie passten, wirkten wesentlich älter, als sie waren.
„Ich habe ein sehr schönes Haus im 14. Bezirk und bin jetzt in Pension. Meine Frau ist vor einem Jahr gestorben und ich kann nicht kochen. Außerdem bin ich nicht gerne allein“, erzählte Nummer sieben, auf die Frage, was der Grund sei, dass er hier mitmache.
Und was die meisten für Vorstellungen von einer Partnerschaft hatten! Monika stellten sich alle Haare auf, nein, da blieb sie lieber den Rest ihres Lebens Single.

Schließlich hatte sie zehnmal ‚Nein‘ auf ihrem Blatt angekreuzt, gab es ab und ging erleichtert zur Bar, wo bereits Johanna mit zwei Gläsern Wein auf sie wartete.
In der Zwischenzeit waren neue Gäste eingelangt, der Abend ging mit der Gruppe der 42- bis 50-Jährigen weiter.
Im Vorbeigehen streifte Monika der Blick eines attraktiven Herrn, der ihr zulächelte. Johanna, der nichts entging, sagte: „Der ist aber süß und wie er dich angelächelt hat!“
„Unsinn“, antwortete Monika, „der ist doch viel zu jung.“
„Komm, erzähl, wie ist es dir ergangen?“

Die nächste Stunde unterhielten sie sich prächtig und tauschten sich darüber aus, was die einzelnen Kandidaten so alles von sich gegeben hatten. Monika blickte wie zufällig zum Tisch, an dem sich der Herr von vorhin gerade aufhielt. Er wirkte sehr sportlich und sympathisch, außerdem sah er wirklich gut aus. Hoppla, jetzt hob er den Kopf und blickte sie direkt an. Monika wurde rot und wandte sich wieder Johanna zu.
„Können wir noch warten, bis die Gruppe fertig ist?“, fragte sie.
„Klar, ich bin selbst neugierig, ob sich der Typ an dich herantraut“, lachte Johanna.

Nach einer weiteren halben Stunde war das Speed-Dating beendet. Besagter Mann steuerte direkt auf die Bar zu und hatte einen zweiten Herrn im Schlepptau.
„Darf ich mich vorstellen? Ich bin Robert und das ist mein Freund Theo. Dürfen wir die Damen zu einem Gläschen einladen?“

Es wurde ein ausgesprochen unterhaltsamer Abend. Sie lachten sehr viel und amüsierten sich köstlich. Bekomme ich deine Nummer Monika?“, fragte Robert sie schließlich.
„Nein, das geht gar nicht - du gehörst ja nicht zu meiner Altersgruppe“, witzelte sie schon leicht angeheitert.

„Sooo jung bin ich nun auch wieder nicht, außerdem verfügen erfahrene Frauen über gewisse Vorteile“, schmeichelte er ihr. „Aber gut, dann machen wir es umgekehrt, hier hast du meine Mail-Adresse. Wenn du Interesse hast, dann melde dich einfach.“

Als sie auf dem Heimweg waren, fragte sie Johanna: „Und? Wirst du ihm schreiben?“

„Ich weiß noch nicht genau, ich finde ihn witzig und sympathisch. Wer weiß, vielleicht mache ich es tatsächlich, irgendwann sollte ich über meinen Schatten springen…“

Chaos in Rom

Katharina stand neben Sabines Auto. Ihre Freundin hatte sie zum Hauptbahnhof gebracht, musste allerdings gleich zurück zur Arbeit. „Komm her und lass dich drücken! So viel Zeit muss sein." Die beiden Frauen umarmten sich lange und innig.
„Und ruf an, wenn du angekommen bist!"
„Ja, bestimmt. Und du besuchst mich wie ausgemacht in vier Wochen, ich freue mich jetzt schon drauf", antwortete Katharina.
„Meine Liebe, ich wünsche dir einen wunderbaren Start bei deiner neuen Arbeit."
Sabine stieg wieder in ihren Audi und fuhr davon.

Katharina ging den Bahnsteig entlang, die beiden schweren Koffer hinter sich herziehend. Da stand ihr Zug, der Railjet Express 262 nach Zürich. Sie sah auf ihr Ticket, 23, 24, hier war er, der Waggon Nummer 25. Suchend blickte sie sich um, ob ihr jemand mit dem Gepäck helfen könnte. Ein dunkelhaariger, attraktiver Mann, der ein kleines Stück von ihr entfernt stand, fing ihren Blick auf und kam auf sie zu. Im schönsten Schweizer Akzent sagte er: „Kommen Sie, lassen Sie mich das machen", und nahm ihr die Koffer aus der Hand.

„Herzlichen Dank“, sagte sie, als er diese verstaute.
„Hier ist mein Platz.“
„Oh, ich bin im Abteil nebenan, gestatten: Emil Sprüngli“, stellte er sich vor. „Darf ich Sie später auf ein Getränk einladen? Ich fahre bis Zürich.“
„Vielleicht, ich überlege es mir“, antwortete Katharina vage.
„Ich weiß ja, wo Sie sitzen, und komme einfach einmal vorbei“, zwinkerte er ihr zu.
„Sympathisch sieht er ja aus“, dachte sie, aber seit ihrer letzten Männergeschichte war sie ein gebranntes Kind. Sie machte es sich auf ihrem Sitz bequem, schloss die Augen und erinnerte sich an diese anstrengende Zeit zurück:

Ein Jahr zuvor

Katharinas Handy läutete, auf dem Display erschien die Nummer ihrer Freundin Sabine.
„Hi, wann treffen wir uns denn heute Abend?“, fragte diese.
„Ach, du meine Güte, das hätte ich jetzt fast vergessen“, erschrak Katharina. „Wann fängt denn die Veranstaltung an? Um 19 Uhr?“
„Genau. Was wäre, wenn du mich eine halbe Stunde vorher von der Arbeit abholst und wir gemeinsam dorthin spazieren?“

„Passt, das können wir gerne so machen, bis später!“
Sabine arbeitete in einem Reisebüro und nahm ihre Freundin gerne als Begleitung zu den verschiedenen Events mit, denn sie war Single und die Einladungen galten oft für zwei Personen.
An diesem Abend waren sie ins Hotel ‚Triest‘ in der Wiener Innenstadt eingeladen. Der Gastgeber war eine exklusive Kreuzfahrtagentur und sie freuten sich auf einen spannenden Vortrag.
„Komm! Wir stellen uns zu diesem Tisch, da sehe ich einen Kollegen aus Graz“, sagte Sabine und zog Katharina mit sich. Die Präsentation war ausgesprochen interessant und die anschließenden Gespräche ebenso.
Nach einer kurzen musikalischen Einlage wurde im Nebenraum das Buffet eröffnet. Da Sabine weiterhin mit den Reisebüroleuten fachsimpelte, beschloss Katharina, sich einmal eine Vorspeise zu holen, denn mittlerweile war sie schon ziemlich hungrig.

Die Auswahl war riesig, alles war liebevoll und farbenfroh dekoriert. Gerade als sie überlegte, ob sie noch vom Meeresfrüchtesalat oder doch lieber den Shrimps-Cocktail nehmen sollte, spürte sie ein Tippen auf ihrer Schulter. Sie drehte sich um und sah einen gutaussehenden,

blonden Mann, der sie erwartungsvoll anblickte.
„Hallo Katharina, erinnerst du dich noch an mich?“
Sie zögerte einen Moment. Das war doch...Verflixt, wie hieß er nur?
„Bernhard! Das ist aber eine Überraschung, was machst denn du hier?“, sprudelte es aus ihr heraus, froh, dass ihr sein Name eingefallen war.
„Ein Bekannter hat mich mitgenommen. Und du, hast du die Branche gewechselt?“, fragte er.
„Nein, ich bin nach wie vor in einer Versicherung tätig und ich bin mit meiner Freundin hier“, antwortete Katharina. „Es ist ja eine Ewigkeit her, dass wir uns nicht mehr gesehen haben, bestimmt sechs oder sieben Jahre?“
„Acht, es sind schon acht Jahre, dass du die Firma verlassen hast“, korrigierte er sie.
Sie hatten sich früher sehr gut verstanden und waren auch öfter abends gemeinsam mit Kollegen unterwegs gewesen, hatten gefeiert und getanzt. Sie konnte sich noch gut daran erinnern, dass Bernhard ein ausgezeichneter Tänzer gewesen war. Doch wie es so oft im Leben ist, hatten sie sich nach einiger Zeit aus den Augen verloren. Umso mehr freuten sich beide, dass sie sich so unverhofft wieder-

getroffen hatten, und sie tauschten sofort die aktuellen Telefonnummern aus.

Bereits am nächsten Tag rief Bernhard sie an und fragte, ob sie am kommenden Wochenende etwas gemeinsam unternehmen wollten. Katharina sagte zu und so trafen sie sich am Samstagnachmittag und machten eine Wanderung auf den Anninger.
Am Abend saßen sie dann bei einem gemütlichen Heurigen in Perchtoldsdorf und erzählten sich gegenseitig, was sich in ihrem Leben in der Zwischenzeit so ereignet hatte. Katharina war seit zwei Jahren geschieden und Bernhard wurde vor einem halben Jahr von seiner Freundin verlassen.
„Weißt du, es hat mich schon sehr verletzt. Miriam ist von einem Tag auf den anderen ausgezogen, immerhin haben wir drei Jahre gemeinsam gewohnt. Und ich weiß bis heute nicht, was der Grund dafür war. Sie brauche ihre Freiheit, hat sie gesagt, und ich würde sie zu sehr einengen, dabei habe ich sie so geliebt und alles für sie gemacht."
Er wirkte so traurig, dass Katharina seine Hand nahm. Sie fand es großartig, wenn Männer über ihre Gefühle sprechen konnten.
„Ja, ich kann dich gut verstehen", meinte sie mitfühlend. „Auch ich habe längere Zeit gebraucht, um über das Ende meiner Ehe hin-

wegzukommen. Und jetzt genieße ich mein Single-Dasein und möchte einmal längere Zeit keine fixe Bindung mehr eingehen. Du wirst sehen, auch du wirst deine Miriam mit der Zeit vergessen.“

Ab diesem Zeitpunkt pflegten sie wieder ihre Freundschaft. Sie telefonierten häufig miteinander, Bernhard war ein aufmerksamer Zuhörer und konnte auch selbst gut erzählen. Es gab viele Themen, die beide interessierten, außerdem hatten sie einen ähnlichen Humor und Katharina amüsierte sich mit ihm. Ihre Begegnungen waren stets unkompliziert, hatten aber trotzdem Tiefgang.

Jetzt stand bald ihr 45. Geburtstag bevor und sie wollte auf ihrer schönen, aber wenig benutzen Terrasse eine große Party geben. Bernhard hatte ihr seine Hilfe angeboten, gemeinsam mit Sabine räumten sie auf, putzten und schmückten die Terrasse mit Girlanden und bunten Lichtern. Sie schleppten Heurigen- und Stehtische sowie Sitzgelegenheiten herbei. Nach getaner Arbeit setzten tranken sie gemeinsam ein Glas Wein und unterhielten sich blendend.

Am nächsten Morgen rief sie Sabine an und fragte ihre Freundin: „Sag mir, wie findest du Bernhard?“
„Er ist sehr sympathisch, aufmerksam und man kann sich echt gut mit ihm unterhalten. Euer Verhältnis ist aber nur freundschaftlicher Natur. Oder?“
Sie kannte ihre Freundin, seit ihrer Scheidung war sie kein Kind von Traurigkeit und gelegentlich manövrierte sie sich in heikle Situationen.
„Na ja, irgendwie reizt er mich schon“, entgegnete Katharina.
„Ich bitte dich, lass die Finger von ihm. Der möchte bestimmt keinen Flirt, sondern nur eine ernsthafte Beziehung. Versprich mir, dass du nichts Unüberlegtes tust!“, rief Sabine.
„Ja, ja, du hast ja recht. Nein, ich brauche einen verlässlichen Freund, Lover habe ich genug in petto. Großes Ehrenwort“, erwiderte Katharina.

Der 15. Juli - und damit ihr Geburtstag - rückte näher. Es war hervorragendes Wetter angesagt. Bereits am Freitagnachmittag begannen sie das Essen vorzubereiten. Katharina und Sabine waren diesbezüglich ein eingespieltes Team. Es wurde gekocht, geschnipselt und gebacken. Salate, Strudel, Quiche, Schinkenfleckerl, Lasagne, Tiramisu und Kuchen - das Buffet würde sich biegen. Nebenbei tranken sie Prosecco, plauderten und lachten viel.

Am Samstag, so gegen 19 Uhr, kamen die ersten Gäste. Katharina trug ein buntes, langes Sommerkleid aus Viskose mit einem tiefen Dekolleté. Sie konnte es sich leisten. Sie war sehr schlank, muskulös und hatte einen wunderbaren Busen - einen echten, selbstverständlich. Trotz ihrer Größe liebte sie Schuhe mit hohen Absätzen, jetzt waren es passende italienische, rote Sandaletten. Sabine konnte die Höhe nur schätzen, so acht oder neun Zentimeter waren es bestimmt. Katharina sah umwerfend in ihnen aus. Ihr langes schwarzes Haar trug sie offen und sie hatte auch nicht mit Make-up gespart.

Eine Stunde später waren alle da, nur Bernhard fehlte noch. Als es an der Tür läutete, ging Sabine nach unten und öffnete ihm die Tür. Auch er hatte sich gestylt, die weiße Leinenhose und das türkise Hemd standen ihm ausgezeichnet und brachten seine blauen Augen zum Leuchten. Er hielt einen riesigen, lachsfarbenen Rosenstock in der Hand.
„Es tut mir leid für die Verspätung, ich musste noch etwas Dringendes erledigen."
„Macht doch nichts, komm mit, wir sind schon vollzählig."

Sie nahm ihn an der Hand und ging mit ihm die steile Treppe zur Dachterrasse hoch, von wo man einen grandiosen Blick auf Wien hatte. Katharina eilte hinzu und musste schmunzeln, als sie den Blumentopf sah.
„Alles, alles Liebe und Gute zum Geburtstag - für die schönste und großartigste Frau, die ich kenne. Ich weiß, dass du Rosen liebst und gerne welche auf der Terrasse hättest. Dieser hier ist symbolisch, am Montag werden noch fünf weitere Töpfe davon geliefert." Dann überreichte er ihr ein Billett, blickte sie liebevoll an und nahm sie in die Arme. „Und hier habe ich noch ein Gedicht für dich geschrieben."
Katharina blieb der Mund offenstehen, so überwältigt war sie. Tränen der Rührung traten in ihre Augen. Wann hatte sich ein Mann das letzte Mal so viel Mühe ihretwegen gemacht? Überschwänglich drückte sie ihm einen kurzen Kuss auf den Mund.
„Tausend Dank, du machst mir eine große Freude damit. Das Gedicht werde ich dann später in einer stillen Minute lesen. So, komm, jetzt wird gefeiert!"

Die Stimmung war ausgelassen, es wurde getanzt, getrunken, geflirtet und alle griffen herzhaft beim ausgezeichneten Büffet zu. Der Wettergott hielt, was er versprochen hatte. Es

war eine dieser wenigen lauen Sommernächte, an denen die Temperatur nicht unter 20 Grad fiel. Als die letzten Gäste um vier Uhr früh gegangen waren, blieben sie zu viert übrig: Sabine und ein junger Mann, den eine Freundin mitgebracht hatte, sowie Katharina und Bernhard.
„Kommt, einen Absacker trinken wir noch“, rief Sabine. „Und dann lassen wir das Geburtstagskind mit seinem Chaos einmal allein. Morgen helfen wir dir dann aufräumen. Nicht wahr, Bernhard?“, startete sie einen Versuch, die Freundin nicht allein mit ihm zurückzulassen.
Diese war bereits sehr angeheitert und sie befürchtete, dass die beiden im Bett landen würden. Sie wollte Katharina vor einem Fehler bewahren. Doch es half alles nichts, kurze Zeit später waren sie verschwunden.
Sabine und ihr Bekannter blieben allein zurück.
„Ich rufe mir ein Taxi, du kannst ja ein Stück mitfahren, wenn du möchtest“, schlug sie ihm vor. Gemeinsam verließen sie die Wohnung.

Am nächsten Tag, es war schon gegen 14 Uhr, läutete Sabines Handy.
„Hi, Süße“, tönte ihr eine etwas strapazierte Stimme entgegen.
„Alles gut bei dir, Katharina?“, fragte sie.

„Ja, alles bestens. Ich habe zwar einen handfesten Kater, aber es war ein wunderbares Fest!“
„Sicher, alle waren begeistert und vom Büffet ist nicht wirklich viel übriggeblieben, soweit ich gesehen habe. Und wie war deine Nacht beziehungsweise eigentlich dein Morgen?“, fragte sie leicht süffisant.
„Ich weiß, ich habe dir versprochen, dass ich keinen Sex mit Bernhard haben würde, aber er hat sich gestern so um mich bemüht. Ich habe ihm deutlich gesagt, dass ich keine Beziehung will und alles ganz unverbindlich bleibt. So ehrlich bin ich schon, ich mag ihn, aber ich liebe meine Freiheit.“
„Und, wie hat er reagiert?“
„Er ist einverstanden, er möchte nur Zeit mit mir verbringen. Außerdem ist er ein begnadeter Liebhaber. Ehrlich. So zärtlich und einfühlsam. Das ist doch das Beste, was mir passieren kann“, schwärmte sie.
„Ich gönne ihn dir doch, Katharina. Aber ich habe so ein komisches Bauchgefühl, ich finde es nach wie vor keine gute Idee. Aber schließlich bist du ja erwachsen - und vielleicht irre ich mich auch. Ich komme später noch vorbei und helfe dir beim Aufräumen.“
„Nein, brauchst du nicht, Bernhard bleibt da und macht das. Wir telefonieren wieder, ich

wünsche dir noch einen schönen Sonntag“, erwiderte Katharina und legte schnell auf.

Sabine hörte in den nächsten Wochen nur recht wenig von ihrer Freundin. Einerseits hatte Katharina Probleme in ihrem Job - es gab einen Chefwechsel und sie war recht unglücklich darüber -, andererseits verbrachte sie viel Zeit mit Bernhard.
An einem Freitagabend hatten sie endlich wieder einmal einen Mädelsabend vereinbart und trafen sich zum Essen beim Italiener in der Innenstadt.
„Blendend siehst du aus!“, begrüßte Sabine Katharina.
„Danke, es geht mir auch sehr gut. Meistens jedenfalls“, setzte sie hinzu und berichtete ausführlich über die furchtbare Situation und das Mobbing im Büro.
„Und wie läuft es mit Bernhard?“
„Lass uns vorher das Essen bestellen, dann stehe ich dir Rede und Antwort“, scherzte sie.

Nachdem sie vorzüglich gegessen hatten - Vitello tonnato, Spaghetti vongole, Salat und ein köstliches Tiramisu -, bestellten sie noch ein weiteres Glas vom wunderbaren Muskateller.
„Also“, ermunterte sie Sabine, „wie entwickelt sich die Geschichte zwischen euch?“

„Im Prinzip sehr gut. Wir verbringen ziemlich viel Zeit miteinander und telefonieren stundenlang. Stell dir vor, sein Telefonbetreiber hat ihm sogar gekündigt, weil er seine Freiminuten dauernd bis zum Limit verbraucht hat. Ja, und ich hatte noch nie einen Mann, der sich so für mich interessiert hat und im Bett übertrifft er wirklich alle, die ich bisher kennengelernt habe. Aber…“
„Aber was?“, fragte Sabine sorgenvoll.
„Aber manchmal ist er mir zu besitzergreifend. Am liebsten ist er mit mir allein, obwohl ich ihm schon mehrmals vorgeschlagen habe, dass ich etwas mit dir gemeinsam unternehmen möchte. Und von seinen Freunden habe ich auch noch niemanden kennengelernt. Ich weiß gar nicht, ob er welche hat. Bernhard war aber immer schon eher ein Einzelgänger“, schwächte sie dann ihre Aussagen ab. „Und er kümmert sich besonders liebevoll um seine Mutter. Man sagt doch immer, man soll darauf schauen, wie ein Mann seine Mutter behandelt“, führte sie weiter aus. „Egal. Im Großen und Ganzen passt es, es ist jetzt halt eine ‚Freundschaft plus‘, aber trotzdem keine Beziehung für mich“, schloss sie trotzig.
„Na, hoffentlich sieht Bernhard das auch so“, antwortete Sabine.
„Bestimmt. Übrigens, wir haben einen Städteflug nach Rom gebucht. Es war seine Idee, weil

ich immer von der ‚ewigen Stadt' schwärme und es nie geschafft habe, dorthin zu fliegen. Das ist doch lieb von ihm, oder wie siehst du das?"
„Ich finde, es ist eine gute Idee, dann seht ihr gleich, wie es ist, mehrere Tage miteinander zu verbringen", antwortete Sabine.
„Wir haben sowieso zwei Einzelzimmer gebucht, nur zu deiner Beruhigung", beendete Katharina das Thema.

Sie wandten sich anderen Ereignissen zu und genossen es beide, wieder einmal ausreichend Zeit füreinander zu haben. Auch Sabine erzählte ausführlich, was sich bei ihr in den letzten Wochen so ereignet hatte, und weil es so gemütlich war, bestellten sie noch ein weiteres Glas Wein.
Um Mitternacht blickte Katharina auf die Uhr. „Oh mein Gott, schon so spät. Ich muss morgen zeitig aufstehen, weil ich ein anstrengendes Meeting habe", erschrak sie und holte ihr Handy hervor, das sie auf lautlos gestellt hatte. „Du meine Güte, fünf Anrufe in Abwesenheit, alle von Bernhard", rief sie. „Da muss was passiert sein, der letzte Anruf war erst vor einer halben Stunde. Entschuldige mich bitte kurz", sagte sie aufgeregt und ging zum Ausgang.
Als sie zurückkam, wirkte sie gar nicht mehr besorgt, sondern ziemlich zornig.

„Also wirklich, manchmal geht er zu weit. Er fragt, warum ich nicht abhebe und warum ich noch nicht zu Hause bin. Möchte er mich kontrollieren?“, ließ sie ihrem Ärger freien Lauf.
„Na, dem werde ich was erzählen, wenn wir uns morgen sehen.“

Am nächsten Abend hatten sie sich in einem thailändischen Restaurant im sechsten Bezirk verabredet. Beide liebten die asiatische Küche und wollten Details wegen ihres Romfluges besprechen.
Katharina machte sich schick, zog ein sexy Kleid und High Heels an. Bernhard war 1,78 Meter groß und wenn sie so hohe Schuhe trug, war sie bestimmt zwei oder sogar drei Zentimeter größer als er, was er überhaupt nicht leiden konnte.
Als sie zehn Minuten zu spät das Lokal betrat - sie wollte absichtlich nicht pünktlich sein, weil er auch das hasste -, setzte sie ihr schönstes Lächeln auf. Er hatte einen Tisch in der hintersten Ecke reserviert.
Katharina schritt durch das Lokal und zog etliche männliche Blicke auf sich, was natürlich auch Bernhard beobachtete. Sie küsste ihn auf die Wange.

„Du bist zu spät“, stellte er missmutig fest. „Und findest du nicht, dass dein Ausschnitt zu tief ist?“, setzte er nach, „alle starren dich an.“
Sie überging seine Bemerkungen und setzte sich.
„Ich brauche zuerst einmal etwas zu trinken, bevor ich mich von dir kritisieren lasse“, erwiderte sie freundlich und blieb gelassen.
Nachdem sie ein Glas Rotwein bestellt und das Essen ausgesucht hatten - Katharina nahm ein Garnelen-Curry und Bernhard gebratene Ente - , entspannte er sich ein wenig.
„Tut mir leid, wenn ich dich vorhin angegriffen habe“, sagte er, „aber es macht mich rasend, wenn du dich so freizügig präsentierst und ich sehe, wie dich fremde Männer anstarren.“
„Bernhard“, setzte Katharina an, wurde aber von ihm mit lauter Stimme unterbrochen. „Du bist meine Freundin und ich will das nicht. Und etwas weniger Make-up würde dir auch nicht schaden“, fügte er hinzu.
„Schluss jetzt“, rief Katharina laut und bestimmt.
„Du bist weder mein Vater noch mein Ehemann. Ich habe dir von Anfang an gesagt, dass wir nur eine Affäre haben, du bist einverstanden gewesen - und jetzt führst du dich so auf. Dazu hast du kein Recht. Mir reicht es, ich schenke dir Rom, flieg' doch mit jemand anderem, mir ist die Lust dazu vergangen!“

Die Nachbarn verfolgten die laute Auseinandersetzung und starrten sie an. Sie nahm ihre Tasche, stand auf, flüchtete aus dem Lokal und ließ ihn samt dem bestellten Essen zurück.

Eine Stunde später, nachdem sie zu Hause angekommen war, läutete es an ihrer Haustüre Sturm. „Bitte lass mich hinein“, flehte Bernhard, „es tut mir alles so leid. Du hast ja recht. Bitte, bitte lass uns in Ruhe darüber reden!“
Katharina zögerte, doch dann sagte sie: „In Ordnung, aber nur wenn du dich beruhigt hast und nicht wieder von vorn anfängst!“
Sie betätigte den Türöffner. Gleich darauf stand er vor dem Eingang, in der Hand einen riesengroßen, bunten Blumenstrauß und eine Flasche Champagner.
„Du bist die Beste. Und die einzige Freundin, die ich habe. Verzeih mir bitte!“
Er wirkte so aufrichtig, dass Katharinas Ärger verflog. „Na gut, komm herein“, zeigte sie sich versöhnlich.

Stunden später, nachdem sie sich ausgiebig geliebt hatten - Versöhnungssex war einfach der beste -, kam Katharina noch einmal auf Rom zu sprechen.

„Bernhard, ich fliege nur mit, wenn du mir hoch und heilig Besserung versprichst!"
„Ja, ich habe es jetzt kapiert, nur Sex und Spaß, ich weiß doch, dass du keine Beziehung möchtest. Großes Indianerehrenwort", schwor Bernhard und sie mussten beide lachen.

In den nächsten zwei Wochen bis zum Abflug sahen sie sich wenig und auch die Telefonate waren kürzer als sonst. Katharina hatte alle Hände voll zu tun, im Job wurde ihr immer mehr abverlangt und das schlechte Klima trug ein Übriges dazu bei, dass sie sich immer unwohler fühlte. Sie beschloss, nach ihrem Urlaub eine Versetzung in eine andere Filiale in die Wege zu leiten, möglicherweise sogar ins Ausland. Jetzt würde eine gute Gelegenheit dazu sein, fand sie.

Endlich stand der Tag des Abflugs vor der Tür. Die Maschine ging um neun Uhr morgens und sie hatten vereinbart, dass Bernhard sie mit dem Taxi von zu Hause abholen würde. Alles funktionierte wunderbar, sie erreichten ohne Zwischenfälle Rom und checkten gegen Mittag in ihr Hotel ein.

Nachdem sie ihre Zimmer bezogen hatten - seines lag genau gegenüber am anderen Ende des Ganges -, erkundeten sie zunächst das

Viertel, in dem sie wohnten: die bekannte Basilica Santa Maria in Trastevere mit ihren wunderbaren Apsismosaiken, das Tempelchen von Bramante und den Mercato von Trastevere. In einem ansprechenden Restaurant nahmen sie die erste Mahlzeit ein. Wunderbare Tagliatelle mit Pesto als Vorspeise, dann einen Branzino und als Abschluss Pana Cotta mit Limoncello, dazu einen leichten italienischen Weißwein und danach einen Espresso.
„Das war wirklich, wirklich gut“, meinte Katharina und entspannte sich immer mehr.
„Ich freue mich so sehr, dass wir hier sind, und es werden traumhafte Tage werden“, versprach Bernhard.

Und so war es auch, die Tage waren voller Leichtigkeit, sie blödelten und lachten viel. Sie besuchten die wichtigsten Sehenswürdigkeiten, nahmen sich aber auch genügend Zeit, um einfach durch die Stadt zu bummeln, Eis zu essen oder einen Cappuccino zu trinken. Sie speisten immer ausgezeichnet in versteckten Restaurants, abseits der touristischen Trampelpfade und verbrachten die Nächte gemeinsam in einem der beiden Zimmer.

Als der vorletzte Tag anbrach, bemerkte Katharina, dass Bernhard unruhiger wurde und sehr angespannt war. Es fühlte sich für sie so an, als ob etwas in der Luft läge. Für den letzten Abend hatte er ein besonderes Lokal ausgesucht, von dem sie ihm bereits in Wien erzählt hatte. Eine Freundin war schon dort gewesen und hatte Katharina begeistert davon berichtet. Aufmerksam wie er war, hatte er es sich gemerkt und sie damit überrascht, dass er schon von zu Hause aus einen der begehrten Tische im ‚Conciabocca' reserviert hatte.

Das Ambiente dort war großartig, das Essen eine Klasse für sich und der Nachtisch einfach nur ein Traum.
Katharina war begeistert: „Vielen, vielen Dank, mein Lieber. Das ist ein würdiger Abschluss dieses schönen Urlaubs."
„So schade, dass es schon vorbei ist", erwiderte er ganz wehmütig, „wie soll es jetzt mit uns weitergehen?"
„Ich verstehe die Frage nicht ganz", antwortete Katharina, „so wie bisher. Wir sehen uns, wenn es passt, und wenn es uns freut, haben wir Sex miteinander. Das bleibt so – bis auf Weiteres."
„Ich liebe dich, und so kann das nicht weitergehen", erhob Bernhard seine Stimme.
„Bitte, fang nicht wieder davon an", bat sie, „von Liebe war nie die Rede, zerstöre doch nicht diesen schönen Moment!"

„Du, du zerstörst alles“, schrie er plötzlich wie von Sinnen, „ich will so etwas von dir nicht hören!“
Katharina versuchte ihn zu beruhigen, indem sie ihre Hand auf seinen Arm legte. „Bernhard, komm, bitte lass uns zahlen und ins Hotel zurückgehen.“
Sein wütender Blick machte ihr deutlich, dass er sich nicht so schnell wieder versöhnen würde. Ihr wurde leicht mulmig, als sie daran dachte, dass sie die Abendmaschine um 18 Uhr gebucht hatten, um den Tag noch zu nutzen.

Im Hotel angekommen, drückte sie ihm einen leichten Kuss auf den Mund.
„Schlaf gut, ich gehe heute auf mein Zimmer.“
Sie wollte nur mehr ihre Ruhe haben.
„Das kannst du auf keinen Fall machen, ich komm mit!“
„Nein, ich möchte jetzt bitte allein sein“, erwiderte sie mit fester Stimme. Er packte sie am Arm.
„Ich habe gesagt, ich komme mit!“, betonte er mit Nachdruck.
Katharina schluckte, sie bekam plötzlich Angst, als sie seinen lodernden Blick sah. In diesem Moment betrat ein Ehepaar den Gang und Katharina nutzte den Augenblick. „Gute Nacht, Bernhard“, rief sie laut, drehte sich um, rannte

die paar Meter zu ihrem Zimmer, schloss die Türe auf und versperrte sie sofort von innen. Geschafft. Ihr Herz pochte wie wild. Erleichterung machte sich breit, als sie ihr Ohr an die Tür legte und lauschte. Draußen war es still.
Langsam beruhigte sie sich wieder und überlegte, wie sie weiter vorgehen sollte. Sie hatten noch den ganzen nächsten Tag vor sich.
„Ich muss etwas unternehmen“, dachte sie, „am besten ich packe gleich meinen Koffer, verschwinde morgen in aller Früh und tauche erst am Flughafen wieder auf. Meinen Pass und mein Ticket habe ich ja zum Glück.“
Sie begann sofort ihre Kleider einzuräumen, als sie ein Klopfen an der Tür hörte.
„Katharina, mach auf, mach sofort auf!“, drang Bernhards Stimme eindringlich zu ihr. Sie rührte sich nicht. Das Klopfen wurde lauter.
„Verdammt noch mal, mach sofort die Tür auf!“, schrie er. Sie zuckte zusammen und verhielt sich mucksmäuschenstill.
„Irgendwann hört er von selbst wieder auf“, sprach sie sich Mut zu. Er hämmerte noch einige Male an die Tür, aber als plötzlich vom Nebenzimmer ein „Silenzio, ma pronto“ ertönte, gab er auf und verzog sich anscheinend in sein Zimmer.
„Gott sei Dank“, Katharina atmete erleichtert auf.

Sie packte in Windeseile ihren Koffer und versuchte zu schlafen. Wirre Gedanken schwirrten ihr durch den Kopf und sie konnte nur schwer Ruhe finden. Erst in den Morgenstunden fiel sie in einen oberflächlichen Schlaf.

Sie hatte sich zwar den Wecker gestellt, aber um sieben Uhr wachte sie von selbst auf. Sie duschte und räumte den Rest ihrer Sachen in den Koffer. Als sie fertig war, öffnete sie vorsichtig die Tür. Vor Schreck entfloh ihr ein kleiner Schrei: Bernhard saß vor ihrem Zimmer und blickte sie mit starren Augen an.
„Na, wolltest du allein fort?“
Katharina erfasste die Situation sofort. „Nein. Wieso? Ich bin nur so zeitig wach gewesen und wollte zum Frühstück vorausgehen.“
Sie spürte plötzlich einen Klumpen im Magen. Ihr war eines klar: Sie musste so tun, als ob nichts wäre, und ihn den Tag über bei Laune halten.
„Komm, wir gehen frühstücken“, meinte sie freundlich und gab ihm einen Kuss auf die Wange.

Den Rest des Tages versuchte sie gute Miene zum bösen Spiel zu machen. Sie erkannte ihn nicht wieder. Er folgte ihr auf Schritt und Tritt und ließ sie keine Minute aus den Augen. Nicht

einmal ihr Gang auf die Toilette konnte ihn aufhalten, er stand davor und wartete, bis sie wieder herauskam.
Katharina bekam Angst, richtige Angst. Ihr Körper war unter Dauerspannung und sie versuchte, ihn nicht unnötig zu reizen.
Die Stunden vergingen unerträglich langsam, das Museum Leonardo da Vinci und die Kirche Santa Maria Maggiore interessierten sie überhaupt nicht. Sie wollte nur eines: so bald wie möglich im Flieger sitzen und unbehelligt in ihre Wohnung kommen.
Das Ende dieses Urlaubs entpuppte sich als wahrer Albtraum.

Endlich war die Zeit gekommen, sich ein Taxi zum Flughafen zu nehmen. Als sie an Bord der Austrian-Airlines-Maschine gingen und ihre Plätze aufsuchten, sprach ein Mann Katharina an. Er war sehr freundlich und wollte ihr nur den Vortritt lassen.
Bernhard nahm ihren Arm und brüllte den Unbekannten an: „Lassen Sie sofort meine Freundin in Ruhe!“
Dieser blickte ganz verwundert und Katharina versuchte wiederum, die Lage zu retten und Bernhard beruhigend zuzulächeln.
„Ist schon gut, er meint es nicht so“, erleichtert sank sie in ihren Sitz.

Es waren nur mehr knappe zwei Stunden bis Wien. Sie zählte jede Minute.
„Das ist definitiv das Ende“, dachte sie. „Ich muss einfach nur heil nach Hause kommen und ich will ihn bestimmt nie mehr wiedersehen.“
Noch in Rom hatte sie eine SMS an Sabine gesandt und kurz die aktuelle Situation geschildert.
Diese hatte sofort reagiert: „Bitte setz dich in ein Taxi und komm direkt vom Flughafen zu mir, lass dich auf keinen Fall mehr in eine Diskussion verwickeln. Der Typ ist anscheinend echt nicht mehr bei Sinnen. Da weiß man nie, was ihm noch einfällt. Bitte sei vorsichtig!“

Als sie in Wien landeten, wusste Katharina immer noch nicht, wie sie es anstellen sollte, einer gemeinsamen Taxifahrt zu entkommen. Sie standen beim Förderband und warteten auf ihr Gepäck, da kam ihr der Zufall zu Hilfe.
Ihr Koffer war zuerst da und im selben Moment rief jemand: „Hallo Katharina, wo kommst du denn her?“ Es war eine Arbeitskollegin, die offensichtlich mit der gleichen Maschine geflogen war.
Katharina packte sofort die Gelegenheit beim Schopf und ging freudestrahlend auf sie zu. „Was für ein Zufall, Klara, ich freu mich, dich

zu sehen. Wir waren in Rom. Du auch?“ Sie drehte sich zu Bernhard.
„Also dann, ciao, alles Gute“, drückte ihm rechts und links ein Busserl auf die Wange und marschierte plaudernd mit Klara davon.
Er blieb verdattert stehen, unfähig, auch nur ein Wort zu sagen.

„Uff“, Katharina atmete tief durch, als sie auf die Straße traten. Sie schnappte sich das nächstbeste Taxi.
„Auf Wiedersehen Klara, wir sehen uns im Büro.“
Sie stieg ein, gab Sabines Adresse an und sank komplett erschöpft auf den Rücksitz.

„Katharina, du Arme, was ist denn genau passiert?“ Sabine nahm sie in den Arm.
„Komm erst mal rein, atme durch und dann erzähle mir bitte alles von Anfang an. Aber zuerst mach ich uns einen Aperol Spritz.“
Es tat einfach so gut, bei der Freundin in Sicherheit zu sein. Vor Erleichterung liefen Katharina ein paar Tränen über die Wangen. Die ganze Anspannung der letzten 24 Stunden machte sich bemerkbar.
„Du hast ja keine Ahnung, was ich alles seit gestern durchgemacht habe“, begann sie zu erzählen.

Am nächsten Tag, es war Sonntag, bereitete Sabine einen wunderbaren Brunch zu. Katharina war unendlich dankbar, dass sich ihre Freundin so um sie kümmerte.
„Wie soll es jetzt weitergehen?“, fragte diese.
„Keine Ahnung, ich will ihn auf alle Fälle nie wiedersehen, ich stelle mich einfach tot“, antwortete Katharina.
„Na hoffentlich lässt er dich in Ruhe, obwohl ich das nicht glaube. So wie du mir die Situation geschildert hast, hast du ihn zutiefst verletzt und er scheint auch sehr aggressiv zu sein. Nimm das nicht auf die leichte Schulter und pass gut auf dich auf! Ich begleite dich jetzt in deine Wohnung. Und keine Widerrede!“, beharrte Sabine darauf, als sie bemerkte, dass Katharina sie unterbrechen wollte.
„Einverstanden, aber ich finde schon, dass du übertreibst“, gab sie schließlich nach.

Als sie dort ankamen, lag vor der Türe ein riesengroßer Strauß roter Rosen und ein Briefumschlag. Katharina verdrehte die Augen, machte ihn auf und las laut vor:
„Mein Schatz! Ich schicke einen liebevollen Gedanken auf Reisen, einen Gedanken nur für dich, der von Herzen kommt und dir zeigen soll, wie sehr ich dich vermisse! Verzeih mir bitte, ich war nur so enttäuscht von dir. Wann sehen

wir uns wieder? Ich liebe dich unendlich. Bernhard."

„Der tickt echt nicht mehr richtig!" Katharina drückte Sabine die Blumen in die Hand. „Nimm du sie, es ist zu schade um die schönen Rosen." Den Brief zerriss sie und warf ihn in den Mistkübel.
„Ich stelle mich tot, irgendwann wird er es wohl einsehen. Zum Glück hat er noch keinen Haustorschlüssel von mir."

Am nächsten Tag begann der Telefonterror. Mindestens zehn Mal rief er sie an, nicht nur auf ihrem Handy, sondern auch in der Firma und mit unterdrückter Nummer. Sie ließ sich verleugnen, hob nicht ab, versuchte ihn zu ignorieren.
Außerdem hatte sie im Moment noch andere Probleme. In ihrer Abwesenheit hatte eine Kollegin gegen sie intrigiert und der neue Chef hatte sie in einem Gespräch richtiggehend fertiggemacht. Sie bekam nicht einmal die Gelegenheit, sich zu verteidigen. Alles zusammen war einfach zu viel für sie.
„Wie sieht es aus, wurde mein Antrag wegen der Versetzung schon genehmigt?", fragte Katharina im Personalbüro nach.

„Nein, ich habe noch nichts gehört, ich melde mich bei dir, sobald ich Näheres weiß“, erwiderte die Personalchefin.
Am Abend, als sie völlig erschöpft nach Hause kam, saß Bernhard vor der Türe. Es war schon nach 20 Uhr, er musste mindestens zwei Stunden auf sie gewartet haben. Als er sie kommen hörte, sprang er auf und ging auf sie zu.
„Katharina, bitte, bitte, hör mich an!“, bettelte er mit weinerlicher Stimme. Sein wehleidiger Ton fachte ihre Wut an.
„Lass mich in Ruhe, wir zwei sind fertig. Ich will dich nicht mehr sehen, hast du das nicht verstanden?“, fuhr sie ihn an.
„Komm, sei doch nicht so aufgebracht. Ich liebe dich doch und wir beide gehören zusammen.“ Er berührte sie am Arm.
„Greif mich nicht an!“, fauchte sie. „Und hör auf, mich zu belästigen.“
Doch dann begann sein Dackelblick sie zu rühren und als ihm sogar zwei Tränen über die Wangen rollten, meinte Katharina milder gestimmt:
„Bernhard, bitte, lass es gut sein. Wir zwei waren kein Paar und wir werden auch nie eines sein. Du hast dich da in etwas verrannt. Es tut mir leid, dass du es so gesehen hast, aber jetzt geh bitte und lass mich in meine Wohnung.“

Er trat zur Seite und hatte einen waidwunden Ausdruck in den Augen, als er mit leiser Stimme sagte:
„Du bist an allem schuld, du wirst schon sehen, was du davon hast.“
Dann marschierte er mit hängenden Schultern davon.
Katharina beschlich ein ungutes Gefühl, aber sie schob es zur Seite.
„Jeder ist für sein Tun schließlich selbst verantwortlich“, sagte sie sich innerlich. „Und alles hat Konsequenzen im Leben.“
Das hatte sie oft genug am eigenen Leib erfahren und mehr als einmal mit ihrer Therapeutin an diesem Thema gearbeitet. Sie musste auf sich selbst achten und Grenzen ziehen.

Eine Woche später erhielt sie einen Anruf mit unterdrückter Nummer.
„Hallo, wer spricht?“, fragte sie vorsichtig.
„Hier ist Miriam. Sind Sie Katharina?“, ertönte eine Frauenstimme.
„Ja bitte, wer sind Sie und was wollen Sie von mir?“
„Ich bin die Ex-Freundin von Bernhard.“
Stille. Katharinas Herz pochte laut und ein unangenehmes Bauchgefühl machte sich bemerkbar.

„Was ist passiert?“, fragte sie. Ihre Stimme klang belegt.
„Bernhard hat einen Selbstmordversuch unternommen, er hat überlebt und ist jetzt in guten Händen. Haben Sie Zeit, können wir uns auf einen Kaffee treffen?“
Katharina holte tief Luft.
„Um Gottes Willen, ja, heute Abend würde mir gut passen“, würgte sie hervor.
„Dann um 19 Uhr, ‚Café Museum‘. Ist Ihnen das recht? Ich habe ein Bild von Ihnen gesehen, ich erkenne Sie“, meinte Miriam.

Als Katharina kurz vor sieben das Lokal betrat und sich umsah, traf sie der Blick einer sehr attraktiven Dunkelhaarigen, die allein am letzten Tisch saß und ihr auch sofort zuwinkte.
„Hallo, ich bin Miriam, wir können uns auch gerne duzen, wenn das okay ist?“
„Ich bin Katharina, von mir aus sehr gerne.“
„Ich weiß ja nicht, was Bernhard dir über unsere Beziehung erzählt hat, wahrscheinlich, dass er gar nicht genau weiß, warum ich gegangen bin. Stimmt doch?“, begann sie.
„Ja genau, so ähnlich hat er es formuliert. Und dass er dich sehr geliebt und alles für dich gemacht hat.“
Miriam trank einen Schluck Kaffee.

„Am Anfang hat mir seine Fürsorglichkeit gutgetan. Er war sehr aufmerksam und hat mir jeden Wunsch von den Augen abgelesen.“
„Genau, so habe ich es auch empfunden“, antwortete Katharina.
„Ich sei seine Seelenverwandte, hat er gesagt“, fuhr Miriam fort, „doch mit der Zeit hat sich auch seine andere Seite gezeigt, seine unkontrollierte Wut, seine extreme Eifersucht, seine Stimmungsschwankungen und auch seine Panik vor dem Alleinsein. Es war ein ständiges Auf und Ab der Gefühle, von Überschwänglichkeit bis hin zu Drohungen.
Ich habe ihm eine Psychologin gesucht, weil mir klar war, dass er dringend eine Therapie braucht. Am Anfang ist er auch hingegangen, doch nur einige wenige Male. Er hat verheimlicht, dass er die Therapie abgebrochen hat, ich bin nur durch Zufall draufgekommen. Daraufhin gab es wieder einen Riesenstreit mit anschließender Versöhnung. Einige Zeit später hat er sogar einen Selbstmordversuch unternommen, weil ich gedroht habe, ihn zu verlassen.
In der Klinik bekam er die Diagnose, dass er an einer Borderline-Persönlichkeitsstörung leide. Sogar in dieser Zeit bin ich ihm beigestanden, obwohl meine eigene Gesundheit darunter gelitten hat. Ich habe mir dann selbst Hilfe geholt und nur so konnte ich mich von ihm

trennen. Es war die einzige Möglichkeit für mich, sonst wäre ich auch krank geworden."

Miriam holte tief Luft: „Seine Schwester, zu der ich noch immer guten Kontakt habe, hat mich angerufen. Von ihr habe ich auch die Information, dass er eine neue Freundin hat. Sie hat in seinen Unterlagen dein Foto und deine Adresse gefunden.
Mir war es sehr wichtig, dir Bescheid zu geben. Bernhard ist sehr krank und ich hoffe jetzt für ihn, dass er bereit ist, eine Therapie zu machen und die Ursachen zu erkennen."

Stille trat ein. Katharina war zwar komplett überrumpelt von dem, was Miriam ihr erzählt hatte, aber langsam fügten sich einige Puzzleteile zusammen.
„Ich hatte keine Ahnung, dass er eine Schwester hat. Er hat sie nie erwähnt", sagte sie leise. „Als er letzte Woche vor meiner Tür stand, hat er eine Bemerkung gemacht, so ähnlich wie ‚Du wirst schon sehen, was du davon hast.' Ich hätte das ernster nehmen müssen, aber ich habe doch nicht geglaubt, dass er sich etwas antut", reagierte Katharina erschüttert.
„Ich kann dir nur aus eigener Erfahrung raten: Bleib bei deiner Entscheidung, ihn nicht mehr zu sehen. Du ersparst dir viel und du kannst ihm nicht helfen."

Miriam stand auf. „Ich muss jetzt gehen, ich wünsche dir von Herzen alles Gute!"
„Vielen lieben Dank für deine Offenheit und dass du es mir gesagt hast, Miriam."
Die beiden Frauen blickten einander an. Dann umarmten sie sich innig.

Tausend Mal berührt

Betty setzte sich in ihr Auto, die Schisachen und den Koffer hatte sie schon am Vortag verstaut und jetzt musste nur noch die Tasche hinein. Fertig. Sie war startklar. Zwar lag eine längere Fahrt vor ihr, aber sie freute sich unglaublich auf diese Woche. Jedes Jahr im März traf sie sich mit ihren Freundinnen zum Schifahren in Tirol. Sie waren ein unzertrennliches vierblättriges Kleeblatt und obwohl sie in alle Winde verstreut waren, sahen sie sich mindestens drei- bis viermal pro Jahr. Steffi lebte in Deutschland, Sybille in der Schweiz und Iris in Wien. Sie selbst kam aus Bayern und hatte die drei zufällig vor vielen Jahren beim Schifahren in Tirol kennengelernt. Seit damals verband sie trotz ihrer Unterschiedlichkeit eine stabile Freundschaft.

Steffi war blond, gertenschlank und meistens ausgesprochen fröhlich. Ihr herzhaftes Lachen steckte alle an, sie war mit ihren 44 Jahren das Küken in der Truppe und lebte seit einiger Zeit von ihrem Mann getrennt. Mit ‚Löwe' als Aszendent liebte sie die Bühne und den großen Auftritt. Ihre stets originellen und manchmal spontanen Ideen brachten gelegentlich Verwirrung in die Gruppe.

Sybille war ebenfalls blond, groß und mit ihrem Kurzhaarschnitt eher der sportliche Typ. Sie war die ‚Frau für die Statistik' und seit 25 Jahren glücklich verheiratet. Mit ihrem analytischen Verstand und ihrer zurückhaltenden Art war sie eine Bereicherung für das Quartett, behielt immer den Überblick und ihre trockenen Bemerkungen trafen meistens ins Schwarze.

Iris hingegen hatte erst vor kurzem ihre Haarfarbe gewechselt und war jetzt kastanienbraun. Im Gegensatz zu ihren Freundinnen kämpfte sie immer und ewig mit ihrem Gewicht, aber mit ihren 53 Jahren war sie auch die Älteste im Bunde. Seit nunmehr fünf Jahren geschieden, hatte sie sich beruflich neu orientiert und lebte jetzt ein freies, selbstbestimmtes Leben. Allerdings hatte sie die Hoffnung, noch eine große Liebe zu erleben, nicht ganz ad acta gelegt.

Und was würden ihre Freundinnen über sie sagen? Sie war auf alle Fälle der Ruhepol der Gruppe. Die Beobachterin. Sie sprach nicht viel - das erledigten meistens Steffi und Iris -, aber wenn sie etwas sagte, hatte es Hand und Fuß und sie stand immer mit Rat und Tat zur Seite. Sie war auch sehr sportlich und eindeutig die beste Schifahrerin von allen. Außerdem hatte sie ein Faible für Schuhe und kleidete sich extravagant. Als doppelter ‚Skorpion' war sie sehr tiefsinnig, und so mancher biss sich an ihr seine Zähne aus, wenn sie sich in die Enge getrieben fühlte. So auch ihr Ex-Mann, mit dem sie fast 20 Jahre verheiratet gewesen war. Nach einem langen und schmutzigen Scheidungskrieg war sie nun seit einem Jahr endlich wieder frei.

Betty musste schmunzeln, als ihr viele Begebenheiten einfielen, die sie mit ihren Freundinnen schon erlebt hatten, was hatten sie gelacht, getanzt, geflirtet. Höhen und Tiefen hatten sie gemeinsam bewältigt und es war immer spannend und gelegentlich auch dramatisch. Ihre Urlaube schweißten sie zusammen und bei allen wichtigen Festen und Feiern waren die Gefährtinnen eingeladen.

Diesmal war es für sie ein besonderer Urlaub, denn ihr Freund Alex würde diese Woche mit ihnen verbringen. Seit einiger Zeit waren sie ein Paar. Leider war er noch verheiratet, obwohl er seine Frau verlassen wollte, wie er stets betonte. Sie trafen sich heimlich - auch ihre Söhne kannten ihn nicht -, denn bevor es nicht offiziell war, wollte sie ihre Kinder damit nicht belasten. Alex hatte auch noch eine sechsjährige Tochter, die er abgöttisch liebte und so befand er sich natürlich auch in einem Dilemma. Doch diese

Woche hatte er sich freigeschaufelt und Betty freute sich sehr auf die gemeinsame Zeit. Für sie war es auch eine Entschädigung für die vielen Male, wo sie zurückstecken musste.

Als hätte er es gespürt, dass sie an ihn dachte, läutete ihr Handy.
„Guten Morgen, mein Schatz. Bist du schon unterwegs?“
„Ja, ich bin vor einer halben Stunde weggefahren. Und du?“, fragte sie mit einem kleinen Unterton in der Stimme. „Es gibt doch keine Probleme. Oder?“
„Alles gut Betty, es bleibt dabei. Ich fahre zu Mittag los und freu mich schon unendlich auf dich und unsere gemeinsame Woche“, beruhigte er sie.

Sie atmete tief durch. Tief drinnen saß diese Befürchtung, dass er doch noch im letzten Moment alles rückgängig machen könnte.
„Es wird wirklich Zeit, dass er endlich klare Verhältnisse zu Hause schafft“, überlegte sie. „Ich möchte nicht mehr länger mit den Lügen leben müssen. Diese Woche gibt es bestimmt eine Möglichkeit, alles wieder einmal in Ruhe zu besprechen.“
Alex hatte sie immer wieder um Geduld gebeten, wenn sie das Thema angeschnitten hatte. Doch mittlerweile ging es ihr gar nicht

mehr gut damit und sie wollte die Gelegenheit, wo sie endlich genügend Zeit füreinander hatten, beim Schopf packen. Bei diesem Gedanken entspannte sie sich zusehends.
„Doch jetzt ist einmal Urlaub angesagt“, holte sie sich in die Gegenwart zurück.

Als sie einige Stunden später nach problemloser Fahrt im Hotel ankam, waren die Freundinnen schon da. Es gab ein riesiges Hallo und sie fielen sich halb lachend und halb weinend in die Arme. Welche Freude, sich nach so langer Zeit wiederzusehen! Sie ließen ihre Koffer, ohne sie auszupacken, in ihren Zimmern stehen und stürmten sofort in die Bar, um mit Prosecco auf ihr Wiedersehen anzustoßen.
Die nächsten Stunden vergingen wie im Flug und sie erzählten einander, was alles in ihrem Leben passiert war, seit sie sich das letzte Mal getroffen hatten.

Am Abend, als Alex zu ihnen stieß, waren die Freundinnen am Anfang etwas zurückhaltend. Sie kannten ihn nur aus Erzählungen und von den Fotos. Und sie wussten natürlich, wie schwierig die Situation für Betty war, wie sehr sie sich kränkte und hoffte, dass er sich endlich trennen würde.
Aber als sie sahen, wie ihre Augen leuchteten, wie innig sie sich umarmten und wie liebevoll

sie miteinander umgingen, schoben sie ihre Bedenken bezüglich seines Verhaltens zur Seite. Hauptsache, ihre Freundin war glücklich - zumindest im Moment - und niemandem stand es zu, hier Moralapostel zu spielen.
Die Woche verging wie im Flug, es war meistens sonnig und die Schneeverhältnisse waren optimal. Betty war untertags mit Alex unterwegs und die restlichen drei fuhren wie jedes Jahr in einer Gruppe mit dem Schilehrer. Sie hatten dort viel Spaß mit einer Männerrunde aus Deutschland, die wie die Mädels jedes Jahr um die gleiche Zeit Urlaub in dem Hotel machten. Abends trafen sie sich zum Essen, danach ging es an die Bar und auf die Tanzfläche, manchmal sogar auch noch in die hauseigene Disco.

Am vorletzten Abend nahm Alex nach dem Essen Betty zur Seite.
„Komm, wir gehen ins Nachbarhotel, die haben dort eine kleine Bar, ich möchte gerne etwas in Ruhe mit dir besprechen."
Bettys Herz begann schneller zu schlagen. Sie hatte es bis jetzt vermieden, das ‚heiße Thema' anzusprechen, zu schön war dieser Urlaub und sie wollte auf keinen Fall, dass es zum Streit kam.
„Ja, sehr gerne, ich gebe nur den anderen Bescheid."

Nachdem sie in einer Nische in der ‚blauen Bar‘ Platz genommen hatten und ein wunderbarer Rotwein vor ihnen stand, nahm Alex ihre Hand und sah ihr tief in die Augen.
„Mein Schatz, ich weiß, wie sehr dich unsere Situation belastet und du kannst mir glauben, es ist auch für mich sehr schwierig. Wie du weißt, liebe ich meine Tochter Kira über alles. Ich bin mir aber auch sicher, dass mir meine Frau den Kontakt nach einer Trennung so schwer wie möglich machen wird. In diesen Tagen habe ich gesehen, dass ich dich immer um mich haben möchte und ich habe mich entschlossen, es nach unserer Rückkehr meiner Frau zu sagen. Vor der Abfahrt habe ich mir eine kleine Wohnung in deiner Nähe angesehen und ich werde am Montag den Mietvertrag unterschreiben. Vorausgesetzt, du möchtest das auch“, setzte er mit einem Schmunzeln hinzu und sah sie erwartungsvoll an.
Betty schossen die Tränen in die Augen, zu lange schon hatte sie auf solche Worte gehofft. Vor lauter Überraschung und Freude konnte sie nur stammeln: „Aber ja, ja natürlich will ich das – und wie!“
Sie warf sich in seine Arme und ließ ihren Gefühlen freien Lauf, indem sie ihn intensiv küsste und gar nicht mehr loslassen wollte.

Der letzte Urlaubstag war angebrochen und Betty fragte ihre Freundinnen zu Mittag: „Treffen wir vier uns später zum Aperitif? Ich möchte euch gerne etwas erzählen."
Als sie dann bei einem Aperol Spritz saßen, prosteten sie einander wehmütig zu. So schnell war diese gemeinsame Woche wieder vergangen und das nächste Wiedersehen würde es erst im Herbst beim Oktoberfest geben.
„Also Betty, sag schon, was wolltest du uns erzählen?", drängte sie Iris.
„Was Schlimmes kann es ja nicht sein, wenn ich mir deine leuchtenden Augen ansehe", mutmaßte Steffi.
„Also, ihr werdet es nicht glauben", begann Betty, „aber Alex hat aus eigenem Antrieb eine kleine Wohnung gesucht, wird am Montag den Mietvertrag unterschreiben und seine Frau um die Scheidung bitten, wenn wir zurückkommen. Das hat er mir gestern Abend gesagt!"
„Wow, das ist einmal eine Neuigkeit! Ich freu' mich so für dich! Das hast du dir wirklich verdient, nach deiner fürchterlichen Scheidung!", schallte es durcheinander.
„Wir freuen uns mit dir – noch eine Runde Sekt bitte", rief Sybille zum Kellner, „darauf müssen wir unbedingt anstoßen!"

Zwei Wochen später war die Schlüsselübergabe. Alex wartete bereits mit

einer Flasche Sekt in der Wohnung auf Betty, um das zu feiern. Bett war zwar noch keines vorhanden, aber es gab eine Matratze auf dem Boden, die ihnen vollauf genügte. Sie liebten sich ausgiebig, waren ausgelassen und unbeschreiblich glücklich.
„Diesen Moment werde ich niemals vergessen“, flüsterte Betty, als sie sich an ihn schmiegte. „Jetzt beginnt unser neues Leben, ich kann es kaum noch erwarten.“
„Und wir brauchen trotzdem dringend ein komfortables Bett.“ Alex verzog sein Gesicht. „Mein Kreuz tut mir schon weh!“, stöhnte er lachend und rollte sich auf die andere Seite.

An einem der darauffolgenden Tage trafen sie sich im Möbelhaus.
„Schau, das wäre doch ein Bett für uns, genauso eines habe ich mir immer gewünscht!“, rief Betty, nachdem sie bereits mehrere Schlafzimmer angesehen hatten.
„Ups, aber der Preis ist auch ganz ordentlich“, sie verdrehte die Augen.
„Weißt du was, Alex, was wäre, wenn wir Walter fragen? Das ist der Bruder meiner besten Freundin Rosi, der ist Tischler und könnte uns so eines bestimmt billiger machen.“
„Ja, das ist eine gute Idee“, antwortete Alex, „dann fotografiere ich es einmal und du kannst es dann mit ihm besprechen.“

Und so geschah es auch. Walter fertigte das Bett an und zwei Wochen später wurde es von ihm höchstpersönlich geliefert. Er und Betty kannten sich ja schon sehr lange durch seine Schwester und bei Familienfesten waren sie oft nebeneinander platziert worden. Außerdem waren sie gelegentlich miteinander ausgegangen, da Betty speziell die Wochenenden oft allein verbracht hatte. Ihre Söhne waren entweder bei ihrem Ex-Mann oder manchmal auch bei ihren Eltern gewesen. Dann hatte sie die Zeit zum Ausgehen genutzt und Walter war sehr flexibel und auch ungebunden gewesen und hatte keine Familie gehabt. Obwohl er bereits Ende vierzig war, hatte er sich bis jetzt erfolgreich gegen alle Vereinnahmungsversuche der verschiedensten Damen gewehrt. Seine Unabhängigkeit stand bei ihm an erster Stelle und bis jetzt war er auch sehr gut damit gefahren. Er war ein wirklicher Freund, sie hatten viel Spaß miteinander und er gönnte Betty auch von Herzen ihr neues Glück.

So verging der April und Betty schmiedete bereits Sommerpläne. Sie hatte ein Appartement in Kroatien im Visier, groß genug für sich und ihre Söhne, aber auch für Alex mit seiner Tochter. Sie hatte zwar schon mehrmals versucht, das Thema Urlaub anzusprechen,

doch Alex war ihr ausgewichen und hatte gemeint, dass das noch Zeit habe.
Auch auf die Frage, wie weit er mit der Scheidung sei, war er nicht näher eingegangen und hatte nur gemeint: „Ich will nichts überstürzen, es muss alles gut geregelt werden. Ich brauche einfach noch Zeit. Das verstehst du doch hoffentlich.“

An einem Samstag im Mai, Betty wollte gerade zu seiner Wohnung fahren, rief Alex sie an.
„Du brauchst nicht zu mir kommen, ich hole dich ab, ich bin in einer halben Stunde bei dir.“
Verwundert legte Betty auf, sie konnte sich keinen Reim auf diese Planänderung machen.
Als Alex kam, ging sie auf ihn zu und wollte ihn umarmen. Er wich ihr allerdings aus und sah ihr nicht in die Augen.
„Komm, lass uns einen Spaziergang machen“, sagte er mit spröder Stimme.
Betty zog es krampfartig den Magen zusammen und sie spürte, wie es ihr den Hals zuschnürte.

Sie nahmen einen ihrer gewohnten Wanderwege in den nahegelegenen Wald und gingen stumm nebeneinander her.
Ihr Herz pochte bis zum Hals, als Alex zu sprechen begann: „Betty, ich habe es mir nicht leicht gemacht, das musst du mir glauben. Die letzten Wochen seit unserem Urlaub waren eine

riesige Belastung für mich. Natürlich genieße ich die Zeit mit dir, und wenn wir zusammen sind, dann weiß ich genau, dass du die Frau bist, die ich liebe. Aber dann gibt es auch noch mein altes Leben, und vor allem Mia. Ich vermisse sie so sehr und meine Frau hat mir klargemacht, dass sie alles daransetzen wird, dass ich sie so wenig wie möglich zu sehen bekomme. Ich sehe jetzt schon, wie Kira leiden wird, wenn wir uns scheiden lassen, und das kann ich einfach nicht verantworten. Es zerreißt mir mein Herz, aber ich werde zu meiner Familie zurückkehren."

Sie erstarrte. Es war, als ob sich eine schwarze Wolke über den blauen Himmel geschoben hätte, die Sonne war weg und sogar die Vögel hörten auf zu zwitschern. So kam es zumindest Betty vor.

Wie durch einen Schleier hörte sie sich stammeln: „Das glaube ich jetzt nicht, das meinst du doch nicht ernst, das kannst du mir, uns, doch nicht antun."

Sie war so fassungslos, dass sie zu keinen weiteren Worten mehr fähig war. Tränen kullerten ihr über die Wangen, sie sah ihn an - und in diesem Moment wusste sie: Er meint es ernst und da hilft auch kein Weinen mehr.

„Es tut mir so leid, aber ich habe meine Entscheidung getroffen."

Er versuchte sie in die Arme zu nehmen.

„Lass mich, rühr mich nicht an, ich gehe allein nach Hause“, schrie sie, drehte sich um und lief den ganzen Weg zurück.

Sie telefonierten nur mehr zweimal wegen einiger organisatorischer Dinge, sehen wollte ihn Betty nicht mehr. Einige Sachen, die von ihr in seiner Wohnung waren, holte sie, als Alex nicht da war. Dann legte sie ihren Schlüssel auf die Ablage und zog die Türe hinter sich zu. Ein Lebensabschnitt, von dem sie geglaubt hatte, er wäre ein Neubeginn, war nun endgültig zu Ende.

In den folgenden Wochen ging es Betty richtig schlecht. Sie konnte kaum schlafen, verlor an Gewicht und sah zum Erbarmen aus. Ihre Augen hatten allen Glanz verloren und sie fragte sich nicht nur einmal, welchen Sinn ihr Leben noch hätte. Einzig und allein die Verantwortung für ihre Söhne hielt sie aufrecht, sie waren ja erst zehn und zwölf und brauchten ihre Mutter.
Als sie eines Tages mit Iris telefonierte und ihrer Freundin das Herz ausschüttete, sagte diese: „Bitte Betty, geh zum Arzt und lass dir helfen, so kann es nicht weitergehen. Es ist alles viel zu viel für dich. Zuerst diese grauenvolle Scheidung, die so lange gedauert hat und jetzt das Ende deiner Beziehung mit Alex. Ich mache

mir ernsthaft große Sorgen um dich. Nimm dir ein paar Tage Auszeit und komm zu mir! Du brauchst unbedingt Abwechslung und jemanden, der sich einmal um dich kümmert!“
„Ja, das ist vielleicht wirklich eine gute Idee, Iris. Ich werde es mir überlegen.“
Sie buchte tatsächlich für Anfang Juli einen Flug nach Wien. Tim und Jonas waren bei ihren Eltern gut aufgehoben und die Aussicht, ein paar Tage mit der Freundin zu verbringen, hob ihre Laune.

Iris holte sie vom Flughafen ab und zu Hause wartete bereits ein typisches Wiener Essen auf sie: Tafelspitz mit Röstkartoffeln, Spinat und Schnittlauchsauce. Dazu gab es einen hervorragenden Grünen Veltliner zum Trinken und als Dessert Topfenknödel mit Zwetschgenröster.
„Oh mein Gott, was bin ich satt“, stöhnte Betty. „So gut habe ich schon lange nicht mehr gegessen. Ich danke dir!“

Iris hatte sich viel Mühe gegeben, ein buntes Programm zusammenzustellen, um ihrer Freundin Freude zu bereiten. Sie hatte Karten für einen Kabarettbesuch organisiert, es gab eine Führung durch die aktuelle Ausstellung in der Albertina und eine Wanderung auf den Kahlenberg.

An einem Abend besuchten sie ein schönes Lokal an der Alten Donau, mit einer großen Terrasse, wo sie ausgezeichnet aßen. Es gab aber auch genügend Zeit zur Erholung und vor allem drängte sie Iris nicht, über Alex zu sprechen.
Erst am letzten Tag, als sie einen langen Spaziergang auf der Prater Hauptallee machten, schnitt Betty von selbst das Thema an und erzählte ihr ausführlich über die letzten Wochen und ihren Schmerz.

„Ach, meine Liebe, alles im Leben hat seinen Sinn, auch wenn wir es im Augenblick oft gar nicht verstehen. Du bist so eine großartige Frau und ich bin mir ganz, ganz sicher, dass es noch einen wunderbaren Mann in deinem Leben geben wird und du wieder glücklich wirst."
Betty war zwar klar, dass ihre Freundin sie trösten wollte, aber sie konnte solchen Plattitüden überhaupt nichts abgewinnen. Tief in ihrem Inneren hatte sie im Moment mit der gesamten Männerwelt abgeschlossen.

Und das wirkte sich in der nächsten Zeit auch auf ihr Leben aus. Ihre Arbeit und ihre Kinder beanspruchten sie sehr, sie war viel zu Hause und wollte überhaupt nicht ausgehen, geschweige denn jemanden kennenlernen. Nur mit Rosi traf sie sich regelmäßig und manchmal überredete deren Bruder sie, gemeinsam etwas zu unternehmen, ansonsten vermied sie Kontakte, wo es nur ging.

Weihnachten nahte und am dritten Adventsonntag lud Walter sie zum Essen ein.
„Was machst du eigentlich am Heiligen Abend?“, fragte er.
„Ich bin wie immer mit den Jungs bei meinen Eltern“, antwortete Betty.
„Hast du Lust, später am Abend mit mir wegzugehen?“
Etwas verwundert fragte sie: „Am 24. Dezember? Ist da denn überhaupt etwas los in der Stadt?“
„Sicher, der ‚Zwinger‘ hat offen, es gibt ja genügend Singles und manche, die Familie haben, sind auch froh, wenn sie nach dem Feiern von zu Hause wegkommen“, grinste er.
„Unser Stammlokal?“, fragte Betty. „Ja, warum auch nicht? Aber es geht erst, wenn die Jungs schlafen.“
„Ich hol dich ab, ruf mich an, wenn es für dich passt!“

So verbrachten die beiden den Heiligen Abend gemeinsam bei etlichen Gläsern Wein und unterhielten sich blendend. Betty erzählte ihm von ihrem Aus mit Alex und Walter vertraute ihr an, dass auch er gerade ein Verhältnis mit

einer verheirateten Frau beendet hatte. Sie musste lachen, jetzt war ihr klar, warum Walter immer so flexibel war und oft am Wochenende Zeit gehabt hatte. Erst gegen drei Uhr früh brachte er sie nach Hause, nahm sie in die Arme und gab ihr rechts und links einen Kuss auf die Wange.
„Schade eigentlich, dass wir nur Freunde sind“, meinte er anzüglich und für einen kleinen Moment bedauerte es Betty auch, zu gut hatte sich seine Umarmung angefühlt.

Im Februar bekam sie eine Einladung zur Scheidungsparty einer Freundin. Diesmal hatte sie richtig Lust auf Abwechslung und freute sich schon sehr auf den Abend. Zur Feier des Tages machte sie sich auch wieder einmal schick. Sie zog eine enge, schwarze Lederhose und eine ausgeschnittene, beige Bluse mit weiten Ärmeln an. Dazu trug sie ihre hochhackigen Lieblingsschuhe und die perfekt dazu passende Tasche aus hellem Leder. Das auffallende Make-up und die gestylten, kurzen, schwarzen Haare erzielten bei allen einen echten Wow-Effekt.

Der Abend wurde ein voller Erfolg. Es wurde viel gelacht, getrunken und getanzt. Zum ersten Mal seit langer Zeit fühlte sich Betty wieder unbeschwert und fröhlich. Als zu später Stunde

auch noch Walter auftauchte - wenngleich er den Sinn einer Scheidungsparty in Frage gestellt hatte -, freute sie sich sehr. Der DJ spielte Musik aus den 80er Jahren und obwohl Walter nicht besonders gern tanzte, kam er sofort ihrer Bitte nach.
„Na ja, der Wille zählt“, Betty lächelte, als er ein wenig unbeholfen versuchte, seinen Rhythmus zu finden. Beim darauffolgenden Schmusesong aber fühlte sie sich sehr wohl, als sie sich engumschlungen hin- und herwiegten.

Walter war ein begehrter Junggeselle auf dieser Party und die Frauen - es waren ja wie üblich mehr Frauen als Männer anwesend -, scharrten sich um ihn, denn er sah gut aus und vor allem hatte er auch Humor.
Eine Freundin bemerkte, wie Bettys Blick auf ihm ruhte, und fragte sie: „Sag, was ist das eigentlich zwischen Walter und dir? Ich habe das Gefühl, dass er dich schon großartig findet.“
„Ja, das glaube ich auch. Wir mögen uns, aber die Freundschaft ist mir wichtig und ich bin mir unsicher, ob ich da überhaupt etwas verändern möchte. Bis jetzt hat er außerdem nur ein paar vage Andeutungen gemacht, das ist alles“, vertraute sie der Freundin an.

Im Mai hatte Walter Geburtstag und natürlich war auch Betty eingeladen. In der Zwischenzeit waren sie wieder einige Male ausgegangen und hatten die gemeinsame Zeit sehr genossen, alles jedoch weiterhin auf rein freundschaftlicher Basis. Mittlerweile fand aber Betty, dass durchaus einmal ein weiterer Schritt folgen könnte. Sie war sich aber sicher, dass er von sich aus bestimmt nichts unternehmen würde.

Sie besorgte ein kleines Geburtstagsgeschenk für ihn und als sie ihm gratulierte, gab sie ihm einen Kuss auf die Wange und flüsterte in sein Ohr: „Den richtigen Kuss darfst du dir später bei mir abholen." Das Aufleuchten seiner Augen bestätigte ihr, was sie sowieso die längste Zeit vermutet hatte.
Es wurde ein sehr lustiger Abend und als die meisten Gäste gegangen waren, nahm Walter Betty an der Hand.
„Komm, wir gehen in meine Wohnung, der Rest kann ruhig allein weiterfeiern. Ich freu mich schon den ganzen Abend auf den versprochenen Kuss."

Am nächsten Morgen verhielt er sich etwas seltsam und auch Betty war sehr verunsichert. Beim Frühstück ergriff Walter die Initiative und fragte: „War das eine einmalige Geschichte?

Ein Tröstungsversuch? Was war das jetzt? Wie siehst du das?"
„Ich habe auch keine Ahnung. Mir ist unsere Freundschaft schon sehr wichtig, lassen wir es doch einfach auf uns zukommen."
Er nahm sie in die Arme.
„In Ordnung, aber ich darf schon sagen, dass ich es sehr schön fand. Oder?"
Betty lächelte ihn an und gab ihm einen Kuss: „Sicher, darfst du!"

Die ganze Woche hörten sie nichts voneinander, erst am Freitag rief Walter sie an und erzählte ihr, dass er am Samstag mit Freunden eine Fahrradtour machen würde und ob sie Lust hätte mitzukommen. Betty war so froh darüber, dass er sich gemeldet hatte, dass sie sofort zusagte.
Es war Pfingsten und sie vereinbarten einen Treffpunkt beim Festzelt. Als sie am nächsten Tag dort ankam - in passendem Outfit mit Radlerhose, Trikot und Helm -, traf sie auf eine Männergruppe, die im Freizeitlook auf einer Holzbank saß und Bierkrüge vor sich stehen hatte. Lediglich die am Zaun angelehnten Räder deuteten darauf hin, dass eigentlich etwas anderes auf dem Programm gestanden hätte.
Walter stellte sie der Clique vor, die sie erstaunt musterte, und sie sah, wie beim einen oder anderen ein großes Fragezeichen im Gesicht

stand. Verlegen setzte sie sich und kam sich fehl am Platz vor, aber gleich darauf drückte ihr jemand ein Bier in die Hand und die Runde prostete ihr zu.
Die Radtour bestand dann ausschließlich darin, in den Nachbarort zum nächsten Festzelt zu fahren und so nahm der Tag einen feucht-fröhlichen Verlauf.
Gegen Abend meinte Betty dann: „Es wird Zeit für mich, ich fahre heim."
Walter sprang sofort auf: „Komm, ich begleite dich nach Hause."
Dort angekommen war zunächst wieder dieses verlegene Schweigen zwischen ihnen, keiner wollte den ersten Schritt machen und verunsichert blickten sie sich an.
„Nun gut, wenn du schon da bist, dann kannst du ja gleich einmal nach meinem Schreibtisch sehen, da bräuchte ich eine neue Schublade", unterbrach Betty die Stille.
Erleichtert nickte er: „Unbedingt, das sehe ich mir gleich an!"

Nach diesem Abend und der anschließenden Nacht lautete ihr Commitment: Ab jetzt sind wir ein Paar. Wir verbringen gemeinsam so viel Zeit wie möglich, aber jeder lebt in der eigenen Wohnung.

So vergingen die nächsten Jahre. Beide gingen sehr bewusst und liebevoll miteinander um, Ehrlichkeit war ihnen dabei das Wichtigste in der Beziehung. Natürlich gab es auch Differenzen, aber sie konnten - fast - jedes Thema miteinander besprechen.
Betty wäre es schon ein Anliegen gewesen zu heiraten, aber nachdem sie es einmal kurz angesprochen hatte, war ihr klar: Das geht mit Walter gar nicht. Seine Devise lautete: „Wenn ich einmal heirate, dann nur, wenn es eine Doppelhochzeit mit dem Papst gibt!“ Und Betty war klug genug, keine weitere Diskussion mehr darüber anzufangen. Wozu auch? Sie liebten sich, und so wie es war, war es gut.

Sie machten wunderbare, gemeinsame Urlaube und erfüllten sich unter anderem den Traum einer Amerikareise. Da standen auch Hawaii und der Besuch des dortigen Vulkans Kilauea auf dem Plan. Walter hatte davon gelesen und den wollte er unbedingt sehen. Leider ging es Betty ausgerechnet an diesem Tag nicht besonders gut, sie hatte entsetzliche Halsschmerzen und wäre viel lieber im Hotel geblieben. Aber Walter zuliebe fuhr sie mit.
Als sie dort anlangten, war er doch ein wenig enttäuscht, weil er dachte, dass sie näher an den Krater herankommen könnten.

„Nun gut, näher geht's jetzt nicht mehr", sagte er nach einer Weile, wandte sich zu ihr und fragte sie aus heiterem Himmel im besten bayrischen Dialekt ein wenig unbeholfen: „Mogst mi heiratn?"
Betty glaubte, sich verhört zu haben und sah ihn völlig entgeistert an.
„Ringe hob i jetzt kane, die gibt's später", setzte er fort und blickte sie hoffnungsvoll an.
Betty war sich bewusst, was dieser Schritt für ihn bedeutete. Sie fiel ihm um den Hals und ein krächzendes „Jaaaa, ich will" verließ ihre Lippen.

Am Tag der Hochzeit, die in engstem Familienkreis stattfand, waren auch die Freundinnen wieder versammelt. Sybille und Iris kamen mit dem Flugzeug und Steffi, die Trauzeugin war, mit dem Auto.

Betty war einfach bildschön. Ihr weißes Spitzenkleid mit den kleinen Ärmeln und dem tiefen Rückendekolletee endete oberhalb ihrer Knie, dazu trug sie auffallende, schwarz-weiß karierte Pumps mit hohem Absatz und einer riesigen Masche. Der große, rote Rosenstrauß hatte genau die Farbe von Walters Schuhen.
Er sah in seiner hellgrauen Hose mit Weste, weißem Hemd und roter Fliege sensationell gut aus und wirkte unglaublich liebenswert in

seiner Aufregung. Schließlich war es seine erste Hochzeit.
Betty hingegen blieb völlig ruhig, sie strahlte allerdings ununterbrochen wie ein Honigkuchenpferd.

Und allen trieb es Tränen in die Augen, als die beiden ‚Ja' zueinander sagten. So viel hatte ihre Freundin mitgemacht - und jetzt dieses Happy End!

Die Affäre

„Tears in Heaven“, Isabella rannen Tränen über die Wangen. Dieses Lied von Eric Clapton hatte Sascha geliebt. Dass es bei seinem Begräbnis gespielt wird, hätte ihm gefallen.
Isabella blickte sich um, sie stand ein wenig abseits und ihr Blick schweifte zu Lisa, seiner Frau. Sie wirkte wie versteinert. Kerzengerade stand sie da, sehr zerbrechlich sah sie in ihrem schwarzen Kleid aus. Seine Ex-Frau Mona wurde von ihrem zweiten Mann im Arm gehalten, sie weinte laut. Sein Sohn und seine Tochter standen Hand in Hand neben ihr.
Isabella schluchzte. Es war so ungerecht, gerade jetzt, als Sascha in seinem neuen Leben angekommen und endlich wieder glücklich war, hatte es ein Ende - und das mit gerade einmal 58 Jahren. Das Schicksal konnte so grausam sein. Sie erinnerte sich ...

10 Jahre zuvor

Isabella hielt der Kundin die Türe auf und sagte: „Ich wünsche Ihnen viel Freude mit der Bluse, auf Wiedersehen!“ Anschließend räumte sie die neue Ware ein, die zuvor geliefert worden war. Kurz darauf ertönte wieder die Ladenglocke

und ein gutaussehender Mann betrat ihre Boutique.
„Guten Tag, womit kann ich Ihnen helfen?“, fragte sie.
„Ich weiß nicht, ob mir noch zu helfen ist, aber vielleicht kann ich etwas für Sie tun“, witzelte er. „Ich bin Sascha Hahn und selbstständiger Vertreter. Darf ich Ihnen meine neue Kollektion vorstellen?“
Mit diesen Worten zog er eine Mappe hervor und begann zu präsentieren, ohne ihre Zustimmung abzuwarten. Isabella fühlte sich im ersten Moment überrumpelt, aber er machte es wirklich charmant, das musste sie ihm lassen. Unauffällig musterte sie ihn. Er war mittelgroß, hatte dunkles, sehr kurz geschnittenes Haar und braunen Augen, die grüne Sprenkel aufwiesen. Außerdem wirkte er sehr sportlich. Er war modisch gekleidet - ein interessanter Mann, sie fand ihn äußerst attraktiv.

Eine Stunde später hatte sie eine beachtliche Bestellung aufgegeben, da ihr seine Ware wirklich ausnehmend gut gefiel. Vor allem die Seidenkleider und die schicken Blusen hatten es ihr angetan.
„Ich habe jetzt noch einen Termin, aber anschließend würde ich Sie gerne auf ein Glas Prosecco oder Wein einladen, das müssen wir

doch feiern“, zwinkerte er ihr zu, „ich bin um 18 Uhr wieder hier und hole Sie ab, wenn das für Sie passt.“
Isabella überlegte. Normalerweise fuhr sie nach Geschäftsschluss direkt nach Hause zu ihrer Familie. Aber wie oft bekam sie so ein Angebot?
„Ja, sehr gerne“, hörte sie sich sagen und errötete sogar ein wenig dabei.
Den restlichen Tag war Isabella mit Kunden beschäftigt und pünktlich, wie verabredet, stand Sascha vor der Tür.
„Zwei Gassen von hier gibt es ein sehr nettes Lokal. Wollen wir dort hingehen?“, fragte er und setzte gleich hinzu: „Ich habe vorsichtshalber einen Tisch für uns reserviert.“
Isabella fand sein Vorgehen sehr entschlossen, genoss es aber, dass er die Initiative übernahm.

Es wurde ein ausgesprochen unterhaltsamer und lustiger Abend. Beim zweiten Glas stießen sie auf das ‚Du‘ an und das Gespräch wurde tiefgründiger. Sascha erzählte von seiner Ehe, in der er schon länger unglücklich war, und auch Isabella machte Andeutungen, dass ihre Beziehung in einer Krise steckte. Die Zeit verging wie im Flug, und sie hatte das Gefühl, als ob sie sich schon ewig kennen würden.

„Was, schon 22 Uhr? Ich muss jetzt unbedingt nach Hause, mein Mann wird sich schon wundern."
Sascha gab ihr zum Abschied rechts und links einen Kuss auf die Wange.
„Es war ein wunderschöner Abend für mich. So wohl wie mit dir habe ich mich schon lange nicht mehr gefühlt. In vier Wochen bin ich wieder in Wien und melde mich bei dir. Ciao."

Als Isabella nach Hause kam, saß ihr Mann wie jeden Abend vor dem Fernseher und nahm sie gar nicht richtig wahr, als sie ins Wohnzimmer trat.
„Hallo mein Schatz, ich bin wieder da!"
„War es nett?", fragte er sie, als sie zu ihm kam und ihm einen flüchtigen Kuss gab.
Sie hatte ihm geschrieben, dass sie ihre Freundin überraschenderweise vom Geschäft abgeholt habe und sie noch etwas essen gegangen seien.
„Ja, wir hatten es schön, Chris hat schon wieder Liebeskummer", antwortete sie, aber Werner war mit seiner ganzen Aufmerksamkeit bereits wieder bei der Diskussionsrunde, die im TV lief.
„Gute Nacht, ich geh' schlafen." Resigniert schloss sie die Tür.

Seit geraumer Zeit hatten sie getrennte Schlafzimmer. Nach fast fünfzehn Jahren Ehe war ihre Liebe schon sehr abgekühlt. Die Kinder, zwei Töchter im Alter von vierzehn und zwölf Jahren, standen im Mittelpunkt ihres Alltags.
„Wann haben Werner und ich das letzte Mal einen schönen Abend zu zweit verbracht?“, dachte sie nach. Es war schon ewig her, denn er war sowieso am liebsten zu Hause. Um Abwechslung zu haben, lud sie Freunde zum Essen ein, allerdings blieb dann die ganze Arbeit an ihr hängen. Immerhin hatte sie sich dadurch zu einer wunderbaren Gastgeberin und ausgezeichneten Köchin entwickelt.
Ihr letzter Gedanke, bevor sie einschlief, galt Sascha: „Was für ein großartiger Mann, ich freu mich schon auf das Wiedersehen.“

Die nächsten Wochen vergingen rasch, Isabella hatte wie üblich sehr viel zu tun. Es war bereits Oktober und im Herbst war Hochkonjunktur in ihrer Boutique. „Jetzt müsste eigentlich auch Sascha bald auf seiner Wien-Tour sein“, dachte sie und freute sich, als er am darauffolgenden Tag tatsächlich anrief und einen Termin mit ihr vereinbarte.

Als er am Donnerstag zur vereinbarten Zeit erschien, war sofort diese Vertrautheit vom

letzten Mal wieder da. Nachdem sie das Geschäftliche besprochen hatten, fragte sie: „Wie lange bist du denn hier?"
„Ich fahre erst am Montag nach Salzburg. Wie sieht es morgen Abend bei dir aus, hast du Lust, mit mir essen zu gehen?"
„Ja gerne, das lässt sich sicher einrichten", erwiderte Isabella.
Er reservierte einen Tisch bei einem Italiener am Stadtrand und holte sie vom Geschäft ab. In diesem Bezirk hatte sie normalerweise nichts zu tun und daher war die Gefahr, dass sie Bekannte traf, relativ gering. Sie hatte ihrem Mann wieder erzählt, dass sie mit einer Freundin wegginge. Er schöpfte sicher keinen Verdacht, da sie ja oft allein unterwegs war.
Als die Kinder klein waren, blieb sie selbstverständlich zu Hause, aber die letzten Jahre hatte sie das Gefühl, dass das Leben an ihr vorbeiziehen würde.
Werner war zu keinen Unternehmungen zu bewegen, Theater interessierte ihn nicht, Konzerte waren ihm zu laut, Kino zu langweilig, denn „die Filme kommen sowieso ins Fernsehen."
Was hatte sie nicht schon alles versucht? Einen Tanzkurs hatte er widerwillig mitgemacht - das war aber schon ewig her -, tanzen waren sie seitdem auch nie mehr gewesen. Den gemeinsamen Kochkurs hatte er nach einem

Abend aufgegeben und Bowling kam auch nicht mehr in Frage, seit er sich das Kreuz verrissen hatte. Einzig und allein Tennis machte ihm Spaß. Isabella hatte deshalb viele Trainerstunden genommen, damit sie zumindest einen Sport gemeinsam ausüben konnten. Sonst gab es kaum Gemeinsamkeiten, was natürlich auch für ihre Beziehung nicht sehr förderlich war.
Zum Glück war Werner nicht eifersüchtig und es machte ihm nichts aus, wenn sie mit ihren Freundinnen ausging oder mit diesen sogar ein paar Tage Urlaub machte - Hauptsache, er hatte seine Ruhe. Einerseits war das sehr praktisch, andererseits fragte sie sich oft, ob er sie überhaupt noch liebte.

An diesem Abend schob Isabella aber all diese Sorgen und Belastungen zur Seite, sie wollte einfach nur fröhlich sein. Das war mit Sascha einfach, denn er war äußerst unterhaltsam und erzählte viele Anekdoten aus seinem Leben. Er brachte sie ständig zum Lachen und flirtete mit ihr. Sie genoss diese Unbeschwertheit und die Tatsache, dass er ein Mensch war, der dem Genuss frönte. Er liebte es, gut zu speisen und zu trinken. Mit dem Kellner besprach er detailliert die Menüfolge und ließ sich die passenden Weine erklären. Sie freute sich, dass

er die Auswahl traf, war mit allem einverstanden und entspannte sich total.
Während des Essens unterhielten sie sich über die Arbeit, die Kollegen und alle möglichen anderen Themen. Als sie zum Nachtisch kamen, fragte er sie: „Wie sieht es eigentlich in deiner Ehe aus? Letztes Mal hast du nur erwähnt, dass ihr eine Krise habt.“ „Das zieht sich schon etwas länger hin“, antwortete sie ausweichend. „Ich möchte dieses Thema lieber nicht besprechen, dafür ist mir der Abend zu wertvoll.“
„Gut, dein Wunsch ist mir Befehl“, lachte er und bestellte zwei Averna mit Eis und Zitrone. „Salute, auf das Leben!“, prostete er ihr zu.

Und wieder raste die Zeit dahin, es war fast schon Mitternacht, als sie aufbrachen und Sascha ein Taxi bestellte. Sie hatten doch einiges an Alkohol getrunken, deshalb ließ er das Auto stehen, er hatte sowieso am folgenden Tag einen geschäftlichen Termin in der Nähe. Eine Straße von ihrem Haus entfernt, hielt der Taxifahrer an und Sascha nahm sie in den Arm. „Gute Nacht, meine Liebe“, murmelte er und gab ihr einen sanften Kuss. „Vielleicht sehen wir uns noch einmal, bevor ich fahre? Ich rufe dich an, schlaf gut.“

Isabella stieg aus, sie war ein wenig benommen - und das nicht nur vom Alkohol. Sie brauchte frische Luft und marschierte eine kleine Runde um den Block, bevor sie nach Hause ging. Sie atmete tief durch und musste sich eingestehen, dass sie auf dem besten Weg war, sich in Sascha zu verlieben. Es war alles so einfach mit ihm. Sie mochte seine Leichtigkeit, seine jugendliche Verrücktheit und auch die Art, wie er sie ansah. Selbst wenn er nur ihre Hand berührte, lief ein Schauer über ihren Rücken und sie konnte ihren Gedanken kaum Einhalt gebieten, wenn sich diese selbstständig machten.
„Schluss jetzt“, rief sie sich selbst zur Ordnung. Mittlerweile war sie an ihrem Haustor angekommen. Als sie den Aufzug nahm, um in ihre Dachterrassenwohnung im siebenten Stock zu gelangen, beschloss sie: „Das darf auf keinen Fall so weitergehen. ich werde bestimmt nicht wegen eines Flirts meine Ehe aufs Spiel setzen.“

Am nächsten Tag rief Sascha sie gegen Mittag an.
„Wie geht es dir heute? Ich muss ehrlich gestehen, dass ich lange nicht einschlafen konnte, weil ich die ganze Zeit noch an dich denken musste.“
Isabella wurde flau bei seinen Worten und ihr Herz klopfte bis zum Hals. „Sascha, ganz

ehrlich, ich war die halbe Nacht wach und habe nachgedacht. Ich habe Angst, dass es intensiver wird mit uns, wenn wir uns weiterhin sehen. Aber ich möchte meine Ehe nicht aufs Spiel setzen. Das verstehst du doch?“
„Das ist jetzt ganz schön direkt, schade, ich bin auf dem besten Weg, mich in dich zu verlieben. Aber ich verstehe dich natürlich, anscheinend benutzt du deinen Verstand mehr als ich. Geschäftlich bleiben wir aber schon verbunden. Nicht wahr?“
„Ja, klar, melde dich einfach, wenn du wieder hier bist. Aber das mit dem Telefonieren lassen wir in Zukunft auch lieber sein.“
„Gut, wenn du meinst. Ich hätte es lieber anders, aber wie Madame möchte“, reagierte er betroffen und beendete das Gespräch.

Eine Woge der Traurigkeit überflutete sie, sie schluchzte und dachte: „Wenn ich so könnte, wie ich wollte…“ Gleichzeitig kam ihr ein Spruch ihrer Großmutter in den Sinn: „Es ist, wie es ist“ - sie war verheiratet und hatte Verantwortung für ihre Familie. Die eigenen Gefühle kamen da erst an zweiter Stelle.
Sie wischte sich die Tränen ab, die ihr über die Wangen gelaufen waren, und setzte ein Lächeln auf, als die nächste Kundin ihr Geschäft betrat. Die Routine des Alltags half ihr, ihre Gedanken an Sascha zu verdrängen. Jetzt begann die

stressige Vorweihnachtszeit und sie hatte alle Hände voll zu tun, sowohl zu Hause als auch im Geschäft. Aber manchmal, wenn sie sich nach einem Fünfzehn-Stunden-Tag am Abend in ihr Zimmer zurückzog, übermannten sie ihre verdrängten Gefühle und ihre Überlegungen drehten sich im Kreis.
War sie glücklich? Führte sie das Leben, welches sie sich immer gewünscht hatte? Was genau fehlte ihr eigentlich?
Nächstes Jahr würde sie 45 werden, Isabella zog in den einsamen Stunden Bilanz:

Sie hatten sehr schnell geheiratet, Werner hatte unbedingt eine Familie gründen wollen. Auch für sie hatte es sich richtig angefühlt und es hatte alles auf Anhieb geklappt. Sie liebte ihre Töchter und da es finanziell möglich gewesen war, war sie als ‚Nur-Hausfrau' daheim geblieben. Sicher, es war eine schöne Zeit gewesen und rückblickend gesehen, bestimmt das Beste für die Familie. Isabella hatte diese klassische Rolle auch von ihrer Mutter gekannt und für Werner war es sowieso die einzige Art, Partnerschaft zu leben gewesen, denn er hatte nicht gewollt, dass sie berufstätig war.
Als Melli und dann Mia im Abstand von nur zwei Jahren geboren wurden, hatte es sowieso keine Alternative mehr gegeben. Isabella war im Grunde auch glücklich gewesen, obwohl sie

ihre Arbeit im Event-Management manchmal vermisst hatte. Die ersten Jahre waren wundervoll gewesen, aber je älter die Kinder geworden waren, desto weniger hatte sie sich ausgelastet gefühlt und desto größer war ihr Wunsch geworden, zusätzlich etwas Sinnvolles in ihrem Leben zu machen. Es war ihr wie ein Wunder erschienen, als sie erfahren hatte, dass die Boutique zu verkaufen wäre. Es war genau der richtige Zeitpunkt gewesen. Werner hatte sie dabei sehr unterstützt, denn auch er hatte gespürt, dass sie unzufrieden mit ihrem Leben gewesen war.
Mittlerweile waren drei Jahre vergangen. Sie hatte sich gut eingearbeitet, es machte ihr großen Spaß und das ‚Bellissima' florierte. Trotzdem war sie jetzt wieder an einem Punkt angelangt, wo ihr Frust größer wurde. Das hatte auch mit ihrem Alter und mit dem Einschlafen ihrer Beziehung zu Werner zu tun. Sie vermisste es, als Frau begehrt zu werden, sie sehnte sich nach Zärtlichkeit. Ausschließlich Mutter und Geschäftsfrau zu sein, war für sie einfach nicht die Erfüllung ihres Lebens. Und da kam dann wieder Sascha ins Spiel. Bei ihm hatte sie sich jung, lebendig und begehrenswert gefühlt.

Dann kam Weihnachten. Das Fest hatte Isabella wie immer vorbildlich organisiert. Der große

Baum war wundervoll geschmückt, sie hatte alle Geschenke rechtzeitig besorgt und persönlich mit viel Liebe verpackt. Auch das ewig gleiche, aufwändige Menü hatte sie zum größten Teil schon am 23. vorbereitet und als Werners Mutter am Nachmittag des Heiligen Abends kam, war alles perfekt.
Isabella überfiel allerdings bereits nach dem Essen eine bleierne Müdigkeit, sie fühlte sich vollkommen erschöpft und hatte heftige Kopfschmerzen. Trotzdem sagte sie zu niemandem etwas, um die friedvolle Stimmung nicht zu zerstören. Sie gab ihr Bestes, als die Kinder Gesellschaftsspiele auspackten und sie drängten mitzumachen. Gegen 22 Uhr verabschiedete sich ihre Schwiegermutter. Isabella war heilfroh und legte sich anschließend sofort ins Bett.

Am nächsten Morgen ging es ihr sehr schlecht, sie fühlte sich wie erschlagen und sogar Werner merkte, dass etwas nicht in Ordnung war.
„Wahrscheinlich bekommst du eine Grippe. Hier, nimm die Tabletten, die helfen mir auch immer“, munterte er sie auf.
Isabella schluckte diese, obwohl sie normalerweise sorgfältig abwägte, bevor sie Medikamente nahm. Sie musste diesen Tag noch überstehen, denn ihre Eltern kamen wie

jedes Jahr mit ihrer Tante zum traditionellen Mittagessen.
Als sie allein in der Küche stand und den Braten ins Rohr schob, wurde ihr richtig schwindlig. Isabella nahm an, dass sie auch Fieber hatte, raffte sich aber wieder auf und mit Routine erledigte sie die notwendigen Arbeiten.

Das Essen schmeckte allen ausgezeichnet, Isabella hielt sich nur mit Müh und Not aufrecht, nahm wenig am Gespräch teil und lächelte automatisch in die Runde.
„Geht es dir nicht gut?“, fragte ihre Mutter besorgt.
„Alles in Ordnung, Mami“, antwortete sie. „Ich bin nur ein bisschen müde, die letzte Zeit war ziemlich anstrengend.“
„Komm, ich helfe dir beim Wegräumen und dann leg dich ein wenig hin!“
Isabella nahm das Angebot dankbar an. Nachdem sich ihre Gäste verabschiedet hatten, ging sie sofort auf ihr Zimmer.

Am Abend hatte sie 39 Grad Fieber und es kam ein trockener Husten dazu. Werner rief den Arzt, der nach einer Stunde kam und Isabella ein Antibiotikum verordnete.
„Das ist unbedingt notwendig, denn Sie sind knapp vor einer Lungenentzündung. Jetzt gebe ich Ihnen erst einmal eine Infusion und Sie

halten absolute Bettruhe, in zwei Tagen komme ich noch einmal vorbei."
„Das wird schon wieder, mein Schatz", beruhigte sie Werner, „ich fahre schnell in die Apotheke. Wenn du etwas brauchst, sind ja die Mädchen da."
Sie standen entgegen ihrer sonstigen Gewohnheit still in einer Ecke. Noch nie hatten sie erlebt, dass ihre Mutter wirklich krank gewesen war.

Die nächsten Tage hütete Isabella das Bett, sie schlief viel und langsam ging es körperlich wieder bergauf. Allerdings war ihre Psyche angeschlagen. Sie hatte sehr viel Zeit zum Nachdenken und ihr wurde bewusst, dass sie durch ihr ständiges Tun ihr eigentliches Problem nur vor sich herschob. Die Tatsache, dass sie schon lange unglücklich in ihrer Ehe war, ließ sich einfach nicht länger verleugnen. Die Frage war nur: Was sollte sie tun?

Der Silvesterabend nahte. Die Karten für das Kabarett mussten sie leider verschenken, denn Isabella fühlte sich nicht fit genug, um auszugehen. Melli und Mia waren dieses Jahr bei einer Freundin und wollten auch dort übernachten. So war sie das erste Mal seit vielen Jahren wieder mit Werner allein zu Hause.

„Dann machen wir es uns eben zu zweit gemütlich, Schatz“, meinte er.
„Vielleicht ist es ganz gut so“, dachte sie. „Ich werde die Gelegenheit nutzen und das Thema auf unsere Beziehung bringen.“

Leider verlief der Abend dann anders, als sie sich das vorgestellt hatte. Um Werner eine Freude zu machen, hatte sie sich aufgerafft und ihren köstlichen Heringssalat zubereitet, der ihm so schmeckte. Ihr persönlich hätten auch ein paar Brötchen gereicht. Nach dem Essen wollte er sich wie immer auf die Couch zum Fernseher setzen. Isabella nahm seine Hand.
„Komm, bleib bei mir und lass ihn wenigstens heute einmal ausgeschaltet. Ich würde mich gerne mit dir unterhalten.“ Widerwillig blieb er sitzen und schenkte sich ein zweites Bier ein.
„Worüber willst du dich denn unterhalten?“
„Über uns, Werner. Mir ist in den letzten Tagen so vieles durch den Kopf gegangen. Wie siehst du denn unsere Beziehung?“
„Wie soll ich sie denn sehen? Normal halt. Es geht uns doch gut, die Firma läuft super, die Mädels entwickeln sich prächtig, deine Boutique bereitet dir Freude. Du kannst machen, was du gerne willst, und Geld haben wir auch genug.“
„Aber was ist mit uns?“, entgegnete Isabella. „Wir unternehmen gar nichts mehr zusammen,

ständig sitzt du vor dem PC oder TV. Wann hatten wir das letzte Mal Sex?"
„Ach so, jetzt kommt diese Schallplatte wieder. Du spürst nicht, dass ich dich liebe, ich verstehe dich nicht, nehme keine Rücksicht auf deine Gefühle", konterte er sarkastisch. Verärgert nahm er einen Schluck Bier.
„Merkst du eigentlich, wie undankbar du bist? Es gibt bestimmt viele Frauen, die gerne mit dir tauschen würden, du stellst mich hin, als ob ich ein Monster wäre", fuhr er fort.
„Nein, so habe ich das doch nicht gemeint", beruhigend streichelte sie seine Hand,
„aber so glücklich bist du doch auch nicht mehr mit mir. Oder? Früher…"
„Früher", unterbrach er sie, „es ist doch klar, dass nach fünfzehn Jahre Ehe keine Schmetterlinge mehr im Bauch sind. Aber deine ewige Unzufriedenheit geht mir auf die Nerven."
Mit diesen Worten nahm er sein Bier, setzte sich auf die Couch und schaltete den Fernseher wieder ein.

Isabella atmete tief durch. Eigentlich war ihr zum Weinen, aber sie hatte schon vor Jahren erkannt, dass Tränen sie nicht weiterbrachten. Seinerzeit hatte sie ihnen freien Lauf gelassen und gehofft, dass Werner sie bemerken und nachfragen würde - oder sie vielleicht sogar

trösten würde. Aber diesen Gedanken hatte sie schon lange ad acta gelegt.
„Es ist, wie es ist.“ Sie räumte den Tisch ab und zog sich in ihr Zimmer zurück.

Kurz vor Mitternacht klopfte er an ihre Tür. „Komm, lass uns anstoßen.“
Isabella hatte sich inzwischen wieder gefasst und kam der Aufforderung nach. Sie wusste, dass sie sich selbst am meisten weh tat, wenn sie sich zurückzog, diese Erfahrung hatte sie oft genug gemacht. Als sie auf der Terrasse standen, hatten sie einen wunderbaren Blick auf die Stadt und die unzähligen Feuerwerke, die den Himmel hell erleuchteten.
„Prost, auf ein gutes neues Jahr“, Werner nahm sie in die Arme.
Er gab ihr einen freundschaftlichen Kuss. „Alles wird gut, mein Schatz.“ Isabella war sehr froh, dass er ihre Gedanken nicht lesen konnte.

In der zweiten Januarwoche läutete ihr Handy und beim Blick aufs Display klopfte ihr Herz um einige Takte schneller.
„Hallo, Isabella, wie geht es dir?“, ertönte Saschas Stimme, „ich bin nächste Woche wieder in Wien und wollte einen Termin mit dir vereinbaren. Geschäftlich - versteht sich.“

Sie einigten sich auf Mittwochnachmittag und sie zögerte kurz, bevor sie mit belegter Stimme sagte: „Ich freu mich.“
Als sie auflegte, besserte sich ihre Stimmung schlagartig und sie konnte das Wiedersehen kaum erwarten.

„Chris holt mich heute vom Geschäft ab, wir gehen essen“, informierte sie Werner beim Frühstück.
„Ja gut, viel Spaß und macht es euch nett“, antwortete er und vertiefte sich wieder in seine Zeitung.

Isabella verspürte den ganzen Tag ein Kribbeln im Bauch und konnte sich nur schwer konzentrieren. Die Stunden schlichen dahin und als Sascha gegen 16.30 Uhr die Boutique betrat, war ihr Nervenkostüm bereits zum Zerreißen gespannt. Den ganzen Tag hatte sie hin und her überlegt, wie sie sich am besten verhalten sollte.
„Hallo, schönste aller Frauen“, mit einem breiten Grinsen kam er auf sie zu, nahm sie einfach in die Arme und gab ihr rechts und links einen Kuss auf die Wange. Sämtliche Anspannung löste sich auf der Stelle auf, sie blickte ihn an und die alte Vertrautheit war sofort wieder da.

„Schön, dich zu sehen“, antwortete sie und lächelte ebenfalls.
Nachdem sie das Geschäftliche besprochen hatte, fragte er schelmisch: „Soll ich auf dich warten, bis du abschließt oder schickst du mich nach Hause?“
„Ausnahmsweise darfst du mich heute zum Essen ausführen“, ging sie auf sein Geplänkel ein, „ich zeige dir eines meiner Lieblingslokale.“

Der Abend verlief sehr harmonisch, Isabella gab ihre Zurückhaltung auf und erzählte von Weihnachten, ihrer Krankheit und auch von den Problemen in ihrer Ehe. Sascha war ein interessierter, empathischer Zuhörer und als sie am Ende war, nahm er ihre Hand in die seine und sagte: „Das tut mir ehrlich leid für dich, und das Gefühl, das du beschreibst, kenne ich auch. Ich bin nur mehr wegen der Kinder bei meiner Frau, wir beide haben uns als Paar schon lange nichts mehr zu sagen. Aber jetzt lass uns über etwas Fröhlicheres sprechen.“ Er bestellte noch zwei Gläser Wein.

Als sie zum Auto gingen, nahm Sascha sie in den Arm.
„Es hat wieder gutgetan, mit dir zu reden, du bist einfach großartig. Weißt du das?“

Isabella legte ihm leicht beschwipst die Arme um den Hals. „Du darfst diese wunderbare Frau heute küssen“, murmelte sie.
Nach einer gefühlten Ewigkeit stiegen sie in den Wagen und er ließ sie wieder in einer Seitengasse vor ihrer Wohnung aussteigen.
„Ich melde mich morgen, schlaf gut.“
„Du auch - und träum von mir“, flüsterte sie und machte sich auf den Weg.

Am nächsten Tag telefonierten sie mehr als eine Stunde miteinander und am darauffolgenden Abend trafen sie sich wieder. Isabella hatte zwar ein schlechtes Gewissen, aber Werner fragte gar nicht nach, als sie etwas von einer Geburtstagseinladung erzählte und dass es vielleicht spät werden könnte.

Als Sascha sie von der Boutique abholte und sie ins Auto stieg, fragte er: „Wollen wir einen Aperitif in meinem Appartement trinken, bevor wir essen gehen? Es ist nur fünfzehn Minuten von hier entfernt.“
„Ja, warum nicht? Ich würde gerne sehen, wo du wohnst, wenn du in Wien bist.“
Während der Fahrt unterhielten sie sich wie immer sehr entspannt und Sascha erzählte eine Anekdote nach der anderen.
Er wohnte im achten Stock. Sie stiegen in den Lift. Isabella bekam weiche Knie, als er den

Arm um sie legte und sie an sich drückte. Er sperrte die Wohnungstüre auf.
„Schau dich um, ich mixe uns in der Zwischenzeit die Drinks."
Als er mit zwei Gläsern Campari Orange zurückkam, hatte es sich Isabella auf dem Sofa bequem gemacht.
„Cheers, auf uns", prostete er ihr zu, rutschte näher an sie heran und begann sie küssen.
„Ich habe gar keinen Hunger mehr, nur Appetit auf dich", murmelte er, hob sie hoch und trug sie ins Schlafzimmer. Dort legte er romantische Musik auf, zündete mehrere Kerzen an, löschte das Licht und flüsterte: „Das habe ich mir vom ersten Augenblick an gewünscht, als ich dich gesehen habe."
Isabella schob ihre Bedenken beiseite und gab sich ganz seinen zärtlichen Händen hin, die über ihren Körper wanderten.

Stunden später blickte sie auf die Uhr. „Ach du meine Güte, es ist schon halb eins, ich muss los. Rufst du mir bitte ein Taxi?"
Sie schwebte wie auf Wolken, als sie sich anzog und Sascha zum Abschied umarmte.
„Es war unglaublich schön mit dir. Wir hören uns morgen."
„Schlaf gut, mein Liebling, du bist eine fantastische Frau, bis morgen."

Werner schlief tief und fest, als sie sich leise ins Schlafzimmer schlich und geräuschlos ins Bett glitt. Sie lauschte seinem Atem und hatte komischerweise kein schlechtes Gewissen.
„Mein Mann interessiert sich schon lange nicht mehr für mich. Endlich fühle ich mich als Frau wieder begehrt, er ist selbst schuld daran, dass es so weit gekommen ist ", waren ihre letzten Gedanken, bevor sie in einen traumlosen Schlaf fiel.

Die nächsten Monate waren wundervoll. Sascha teilte sich die Zeit so ein, dass er zumindest alle drei bis vier Wochen in Wien war, und Isabella versuchte, sich mindestens an zwei Abenden freizuspielen. Sie genoss die gemeinsame, unbeschwerte Zeit und holte vieles nach, was sie in den letzten Jahren vermisst hatte. Allerdings war ihr bald klar, dass Sascha zwar ein großartiger Lover war, auf der anderen Seite war er aber auch sehr oberflächlich. In manchen Bereichen fand sie ihn sogar unreif. Er war definitiv kein Mann, mit dem sie mehr als Sex und Spaß wollte. Sie hatte auch das Gefühl, dass seine Begeisterung allmählich abflaute, denn seine Telefonanrufe wurden seltener und die Abstände zwischen seinen Besuchen länger.

An einem schönen Juliabend saßen sie auf seiner Terrasse bei einem guten Glas Wein. Isabella fasste Mut und sprach das Thema an. „Sascha, ich habe das Gefühl, dass bei unserer Affäre ein wenig die Luft draußen ist. Mein Mann ist misstrauischer geworden und ich möchte meine Ehe nicht gefährden, meine Kinder brauchen mich noch."
Er blickte sie an und sie vermeinte eine gewisse Erleichterung in seinen Augen zu sehen. „Ganz ehrlich, mir ist diese Regelmäßigkeit schon zu viel. Du weißt, was für ein unsteter Geist ich bin und ich fühle mich tatsächlich etwas eingeschränkt."
„Verpflichtung sollte es wirklich keine werden", lächelte Isabella.
„Du bist mir wichtig und ich möchte unsere Freundschaft beibehalten. Falls es sich in Zukunft ergibt und wir beide nicht abgeneigt sind..." Den Rest ließ er offen, grinste sie an, nahm sie in die Arme und küsste sie.
„Lass uns doch den heutigen Abend noch genießen."

Im September fuhr sie mit Werner wie jedes Jahr für eine Woche ohne Kinder auf Urlaub. Ihre Mutter zog in dieser Zeit in die Wohnung und betreute die Mädchen. Isabella hatte das durchgesetzt, denn sie wollte schon immer Zeit zu zweit verbringen, ihren Mann musste sie allerdings jedes Mal von Neuem davon überzeugen. Diesmal aber war es anders, Werner freute sich auf den Urlaub und Isabella deutete es als gutes Zeichen.

Im Club in Griechenland angekommen, bezogen sie wie immer dasselbe Zimmer in der Nähe der Tennisplätze, etwas abseits vom Geschehen. Es war für sie die optimale Art, Urlaub zu machen. Der Sandstrand war herrlich, sie konnten nach Herzenslust Tennis spielen und Isabella nahm an den Fitnessstunden teil. Am Abend gab es Unterhaltungsprogramm, die Möglichkeit zu tanzen oder man konnte einfach auch nur chillend bei einem Glas Wein südliche Nächte genießen. Es herrschte eine ungezwungene Atmosphäre und das Essen war fantastisch. Dadurch, dass immer acht Personen an einem Tisch saßen, war es auch leicht, mit den unterschiedlichsten Menschen in Kontakt zu kommen.

Die ersten Tage vergingen friedlich und gemütlich. Sie sprachen mehr als sonst miteinander und auch die Erotik kam nicht zu kurz. Isabella genoss diese Harmonie, Werner war richtig aufgekratzt und blieb sogar einige Male an der Bar mit ihr sitzen, was normalerweise nicht der Fall war.

Am vorletzten Abend hatte sie das Vier-Gänge-Menü auf der Terrasse am Meer gebucht. Isabella wollte beim romantischen Dinner die Gelegenheit nutzen und endlich die Sprache auf das Thema bringen, das ihr am Herzen lag.
Nachdem sie den sensationellen Nachtisch genossen hatten, nahm sie all ihren Mut zusammen und sagte:
„Werner, ich habe über uns nachgedacht. Mir ist unsere Ehe wichtig, auch wegen der Kinder. Ich finde, wir sollten viel mehr miteinander reden und auch gemeinsam etwas unternehmen. Eine Freundin hat mir von einem Paarseminar erzählt, welches sie vor einiger Zeit mit ihrem Mann besucht hat. Sie waren beide sehr begeistert und es hat ihr Zusammensein richtig belebt. Ich glaube, so etwas würde uns auch guttun. Was meinst du, würdest du so etwas mit mir machen wollen?“
Werner blickte sie skeptisch an. „Ein Paarseminar?“, wiederholte er, „ich setze mich doch nicht mit fremden Leuten an einen Tisch und erzähle ihnen etwas aus meinem Privatleben. Auf keinen Fall, nicht mit mir.“
Isabella erstarrte, das war wieder eine seiner typischen Aussagen. Im Geheimen hatte sie mit so einer Antwort gerechnet, sie kannte ihn eben einfach zu gut.
Da ergänzte er: „Von mir aus können wir allein zu einem Therapeuten gehen, wenn du unbe-

dingt meinst, dass es etwas bringt.“ Ihr blieb vor Überraschung der Mund offenstehen.
„Ja sicher, ich bin voll davon überzeugt“, rief sie aus. „Und das meinst du auch wirklich ernst? Ich suche sofort jemanden, wenn wir wieder zu Hause sind!“
„Wenn es dich glücklich macht…“
Isabella fiel ihm um den Hals: „Du wirst sehen, das wird uns guttun!“
Vierzehn Tage später hatte sie einen Termin bei einem bekannten Imago-Therapeuten ausgemacht. Sie hatte schon viel von dieser Methode gelesen und war überzeugt, dass
er auch ihnen weiterhelfen würde. Von nun an gingen sie regelmäßig hin, anfangs alle zwei, drei Wochen, später nur mehr ungefähr einmal im Monat. Tatsächlich verbesserten sich sowohl ihre Kommunikation als auch ihr Liebesleben wesentlich.

Mit Sascha hatte sie in den letzten Monaten nur mehr sporadischen Kontakt gehabt. In ihren Telefonaten war es hauptsächlich um Warenbestellungen gegangen, persönlich hatte sie ihn seit dem Treffen in seiner Wohnung nicht mehr gesehen.
Als er sie anrief und fragte, ob er sie in der Boutique besuchen könne, freute sie sich sehr. Trotzdem war ihr auch ein wenig mulmig zumute. Sie war unsicher, wie sie auf ihn

reagieren würde. Doch als er durch die Tür trat und sie begrüßte, blieb sie vollkommen gelassen und verspürte nur mehr freundschaftliche Gefühle für ihn.
„Hast du am Abend Zeit für einen Drink?“, fragte er sie, „ich möchte dir gerne etwas erzählen.“

Sie trafen sich gleich nach Geschäftsschluss in einem kleinen Lokal in der Nähe der Boutique.
„Möchtest du ein Glas Wein?“
„Nein danke, für mich ein Tonic bitte.“
Als die Getränke vor ihnen standen, platzte Sascha heraus:
„Stell dir vor, ich habe mich verliebt. Lisa ist einfach wundervoll und wir sehen uns mindestens an zwei Tagen pro Woche. Du weißt, ich bin schnell entflammbar, aber bei ihr ist es wirklich etwas anderes. Jetzt hat allerdings meine Frau von unserem Verhältnis erfahren. Wie es dazu kommen konnte, ist mir ein totales Rätsel. Ich weiß nicht, was ich tun soll.“
Er wirkte vollkommen verzweifelt.
„Mona möchte mich wieder zurück und kämpft um unsere Ehe. Sie ist sogar bereit, ein Paarseminar zu machen. Ich habe Lisa davon erzählt, wir haben uns gestritten und nun hebt sie am Telefon nicht mehr ab und ruft auch nicht zurück. Isabella, es ist so furchtbar. Was soll ich nur machen?“

Sie nahm seine Hand.
„Sascha, da kann ich dir nichts raten. Du solltest aber genau abwägen und dann entscheiden. Die Liebe zu deiner Frau ist schon so viele Jahre abgeflaut. Werner und mir hat die Paartherapie wirklich sehr geholfen, uns geht es jetzt wesentlich besser. Vielleicht solltet ihr es auch versuchen? Wenn du dich aber für Lisa entscheidest, dann musst du zu Hause reinen Tisch machen. Ohne Ergebnis brauchst du erst gar nicht bei ihr auftauchen. Es ist nicht fein, ewig die Frau in der zweiten Reihe zu sein, wenn man liebt."
„Du hast ja recht, Isabella. Es tut auf alle Fälle gut, mit dir zu reden. Ich werde dich auf dem Laufenden halten."

Nach drei Monaten rief er sie wieder an. Schon an seiner Stimme merkte sie, dass er offensichtlich zu einer Entscheidung gekommen war.
„Isabella, ich habe die Scheidung eingereicht. Eines Tages, als ich nach Hause gekommen bin, habe ich plötzlich gewusst, dass ich nicht mehr bleiben kann. Ich will ein neues Leben."
„Gratuliere dir, das freut mich sehr für dich!"
„Die Kinder sind erwachsen und wir haben uns geeinigt, dass meine Frau das Haus behält. Mir ist es egal, ich will einfach nur mit Lisa zusammen sein. Ich möchte auch nicht mehr

ständig unterwegs sein und deswegen habe ich mir eine Fixanstellung gesucht."
„Sascha, das finde ich großartig. Ich wünsche euch von Herzen alles Gute."
„Ich danke dir, Isabella. Unser Gespräch damals hat mir sehr bei meiner Entscheidung geholfen."

Ein Jahr später erhielt Isabella einen Brief, der an die Boutique adressiert war. Als sie ihn öffnete, fiel ein Foto heraus. Sascha und Lisa, beide in Jeans, in inniger Umarmung und mit strahlenden Augen. „Wir haben geheiratet!" Daneben ein Bild ihrer Hände. Sie trugen keine Ringe, stattdessen zierte eine Tätowierung ihre Finger. „Wie originell, typisch Sascha", dachte Isabella. Sie wischte sich eine Freudenträne aus den Augenwinkeln, wählte seine Nummer und gratulierte ihm zur Hochzeit.

Da Sascha nicht mehr in der Branche tätig war, minimierte sich ihr Kontakt in den folgenden Jahren. Zu Silvester und an ihren Geburtstagen telefonierten sie aber regelmäßig und hielten einander über ihr Leben auf dem Laufenden.

******

Isabellas Handy läutete, eine Freundin von Sascha war am Apparat. Schon an ihrer Stimme

merkte sie, dass etwas Schreckliches passiert sein musste.
„Hast du es schon gehört?“, schluchzte Irene.
„Nein, was denn? Sag schon, ist etwas mit Sascha?“
„Er wurde operiert. Es war nur ein Routineeingriff, aber er ist einfach nicht mehr aus der Narkose aufgewacht! Sascha ist tot.“
Isabella stockte der Atem. Oh mein Gott! Das konnte doch nicht wahr sein…
„Das Begräbnis ist nächste Woche. Ich schicke dir die Parte.“

„Gemeinsam gelebt, gemeinsam gelacht, gemeinsam gefeiert“ - stand drauf. Trotz ihres Schmerzes musste Isabella lächeln.
Ja, das konnte sie bestätigen. Und sie war glücklich, diese Zeit mit ihm erlebt zu haben.
„Die Erinnerung daran bleibt mir ewig“, dachte sie.
„Und es ist wieder eine Bestätigung, dass das Leben im ‚Jetzt‘ stattfindet, wir wissen alle nicht, wann unsere letzte Stunde schlägt!“

Kaum zu glauben

Angelika wachte auf und sah auf die Uhr. „Was, erst sechs? …und heute ist, ja welcher Tag ist denn heute?“, überlegte sie. Da war doch irgendetwas Besonderes. Oder? Schlaftrunken drehte sie sich auf die andere Seite, als es sie wie ein Blitz durchzuckte: „Ach ja, heute ist ja das Konzert. Das Smokie-Konzert.“
Schnell hüpfte sie aus dem Bett und begann voller Vorfreude den Tag.

Gegen Mittag klingelte es an der Tür. Als sie diese öffnete, rief ihre Freundin Bettina aufgeregt: „Bist du schon fertig?“ Sie umarmte Angelika stürmisch. „Ich freu mich schon so, hoffentlich du auch.“
Sie hatte die Karten für das Konzert besorgt und Angelika zum Geburtstag geschenkt, da sie früher große Fans dieser Band gewesen waren.
„Ja sicher“, antwortete diese lachend und nahm ihren kleinen Koffer, der schon im Flur bereitstand.
Sie stiegen in Bettinas roten Flitzer, einen schnittigen Audi A3. Es war ein herrlicher warmer Junitag, ein wunderbares Wochenende lag vor ihnen und ihre Stimmung war dementsprechend gelöst. Die Fahrt von Spittal nach Fürstenfeld würde ungefähr drei Stunden dauern. Angelika legte eine Smokie-CD ein,

schon ertönte das erste Lied: „Mexican girl, don't leave me alone …", lauthals sangen sie mit.

Als sie Fürstenfeld erreichten, fanden sie die kleine Pension, die Bettina gebucht hatte, auf Anhieb. Diese lag ein wenig außerhalb des Zentrums in einer ruhigen Seitengasse und besaß einen wunderbaren Garten mit Terrasse und Liegestühlen, die zum Chillen einluden. Ihr Zimmer war sehr groß, modern eingerichtet und sie blickten direkt ins Grüne.
„Wunderbar, das hast du wirklich gut ausgesucht", lobte Angelika.
Nachdem sie ihre Koffer ausgepackt hatten, nahmen sie eine Dusche und zogen sich um. Ihre Wahl fiel auf Jeans und Shirts, dazu trugen sie weiße Turnschuhe und Lederjacken.
„Wir sehen fast aus wie früher", grinste Bettina, als sie in den Spiegel blickte.
„Aber nur fast", erwiderte Angelika, „wenn man von den Falten, dem Bäuchlein und den gefärbten Haaren absieht."
Sie blickten sich an und mussten herzhaft lachen.
„Im Herzen sind wir immer noch zwanzig", witzelte Bettina.
„Und das kann uns keiner nehmen", ergänzte Angelika.

Mittlerweile hatten sie Hunger und daher machten sie sich auf den Weg in die Stadt.
„Mir wäre nach italienischem Essen. Passt das für dich?“, fragte Angelika.
„Ja, sehr gerne, dann gehen wir doch am besten in eine Pizzeria“, erwiderte Bettina und zückte ihr Handy, um ein passendes Lokal zu suchen.
„Perfekt! Das ‚Tavolozza‘ ist nur zehn Minuten von hier entfernt und liegt in der Nähe des Hauptplatzes, wo das Konzert stattfindet“, verkündete sie.
Das Restaurant war sehr gut besucht. Ein Kellner wies ihnen einen Tisch im Gastgarten zu. Nachdem sie ihre Bestellung aufgegeben hatten, stießen sie mit ihrem Lieblingsgetränk Prosecco an.
„Prost - auf ein großartiges Konzert und ein wunderbares Wochenende“, sagte Angelika und nahm einen Schluck. „Wer weiß, was wir alles erleben? Vielleicht lerne ich sogar jemanden kennen.“
Sie war seit längerem Single - und gar nicht traurig darüber. Ihre letzte Beziehung war eine reine Katastrophe gewesen. Sie hatte fast zwei Jahre gebraucht, um sich von ihrem Partner endgültig zu trennen. Jetzt genoss sie ihre Freiheit und holte einiges nach, was sie verabsäumt hatte. Wenn ihr ein Mann gefiel und sich eine Gelegenheit für einen Flirt ergab, dann zögerte sie meistens nicht lange.

„Ich lebe im Hier und Jetzt. Wer weiß, was morgen ist“, lautete ihre Devise.
Bettina hingegen war seit 18 Jahren verheiratet und führte eine sehr harmonische Ehe. Die Kinder waren bereits fast erwachsen und wurden immer selbstständiger. Klaus und sie unternahmen viel gemeinsam, aber darüber hinaus pflegten sie auch ihren jeweiligen Freundeskreis. Es war daher auch für beide eine Selbstverständlichkeit, sich ohne Partner ein paar Tage Auszeit zu gönnen. Diese Rituale bereicherten ihre Beziehung und Bettina freute sich nach so einem Wochenende immer wieder sehr auf ihr Zuhause und ihren Mann.

Nach dem Essen bestellten die Freundinnen noch zwei weitere Gläser Prosecco und erzählten, was in ihrem Leben in letzter Zeit so passiert war.
„Jetzt wird es aber Zeit, es ist schon 19 Uhr, wir sollten los“, meinte Angelika nach einem Blick auf ihre Uhr.
Rasch zahlten sie und machten sich auf den Weg zum Hauptplatz. Dort hatten sich schon viele Menschen versammelt und von allen Seiten strömten weitere herbei. Angelika und Bettina drängelten sich durch. Sie wollten möglichst in der Nähe der Bühne stehen.

Kurz darauf legte die Vorband los. Es waren junge Musiker, die ersten Songs waren nicht so ganz nach ihrem Geschmack. Doch bald kam Stimmung auf, begeistert klatschten und tanzten Bettina und Angelika mit. Nach circa einer Stunde verließ die Band die Bühne und es gab eine kurze Pause.
Bettina unterhielt sich gerade mit einer anderen Konzertbesucherin, als Angelika ein leichtes Tippen auf ihrer Schulter spürte. Erstaunt drehte sie sich um.
Ein großer, graumelierter Typ grinste sie an.
„Hi, wo kommt ihr denn her? Ihr seid bestimmt keine Steirerinnen. Oder?“
„Na, wir kumman extra aus Kärntn“, lachte Angelika.
„Ich bin Hans - und wie heißt du?“
Sie schäkerten miteinander und Angelika bemerkte an seinem verschmitzten Lächeln, dass sie ihm gefiel. Ihr Blick wanderte zu seiner rechten Hand. Ring war keiner zu sehen. „Na dann“, dachte sie und musste innerlich schmunzeln.

In diesem Moment stürmten ‚die Smokies‘ auf die Bühne, alle johlten und klatschten begeistert. Sie stimmten den ersten Song an: ‚Don’t play your Rock ’n’ Roll to me‘, gefolgt von ‚Needles and Pins‘.

Die Zuhörer gingen mit, alle bewegten sich im Rhythmus der Musik.
„Was gibt es Schöneres?“, dachte Angelika. „Ein herrlicher Sommerabend, gute Songs, entspannte Menschen.“
Ein Glücksgefühl durchflutete sie und sie begann zu shaken. Ja, das war pures Leben für sie und sie war ganz in ihrem Element.
Bei ‚Living next door to Alice‘ spürte sie, wie sich zwei Hände um ihre Taille legten. Hans zog sie zu sich und begann mit ihr zu tanzen. Foxtrott. Angelika fühlte sich um Jahrzehnte zurückversetzt in die ‚Moorklause‘. Jeden Samstag war sie dort gewesen, hatte es genossen, stundenlang zu tanzen - mit Charly, ihrer ersten großen Liebe. Lange war das her. Aber als sie so in den Armen von Hans lag, glich das Gefühl, das sie durchströmte, genau dem Gefühl von damals: ein bisserl beschwipst, aufgeregt, Schmetterlinge im Bauch.
‚Lay back in the arms of someone’. Angelika blickte in die blauen Augen von Hans. Er packte die Gelegenheit beim Schopf und begann sie zu küssen. Er konnte nicht nur sehr gut tanzen. Angelika musste erneut innerlich schmunzeln.
„Wer weiß, wo dieser Abend noch enden wird?“, dachte sie.

Nach etlichen Zugaben war das Konzert dann endgültig zu Ende. Langsam zerstreute sich die Menge. Engumschlungen stand Angelika mit Hans da.
„Kommt, einen Drink nehmen wir schon noch gemeinsam. Gleich da vorne gibt es eine großartige Bar.“ Entschlossen bugsierte er die Frauen in Richtung Hauptstraße.
Angelika zögerte kurz. „Passt das für dich Bettina?“, fragte sie ihre Freundin.
„Ja klar, auf einen Drink komm ich sehr gerne mit.“

Die Bar war nur zehn Minuten entfernt und entpuppte sich als Hotspot der Stadt. Sie war bereits sehr gut gefüllt, viele Konzertbesucher wollten den wunderbaren Abend noch verlängern. Der DJ knüpfte an den Musikstil der ‚Smokies‘ an und spielte die Hits der 80er Jahre.
Sie bestellten wieder Prosecco. Als sich Hans nach dem zweiten Glas entschuldigte, um einen Bekannten zu begrüßen, drehte sich Bettina zu Angelika um: „Gib mir bitte den Zimmerschlüssel, ich mache mich dann auf den Heimweg. Du bleibst bestimmt noch?“ Verschmitzt lächelte sie Angelika an.
„Ich wünsch dir einen wunderschönen Abend - und pass auf dich auf. Ja? Wir sehen uns spätestens zum Frühstück morgen.“

Sie drückte ihre Freundin, winkte Hans zu und verließ die Bar.
Angelika atmete tief durch, ihre Schmetterlinge machten sich wieder bemerkbar. Sie bestellte noch einen Prosecco und schon stand Hans neben ihr und nahm sie am Arm.
„Komm, lass uns tanzen."
Nach dem Boogie kam wieder ein Schmusesong, danach ein Foxtrott und die Zeit verging wie im Flug.
„Es ist schon drei Uhr vorbei, Zeit zu gehen. Meinst du nicht auch?" Hans blickte ihr tief in die Augen.
„Meine Wohnung ist nur ein paar Minuten entfernt von hier. Du kommst doch noch mit?" Erwartungsvoll blickte er sie an.
Angelika zögerte keine Sekunde. „Na klar, jetzt ist jetzt." Sie küsste ihn, hängte sich bei ihm ein und sie machten sich auf den Weg.

Stunden später erwachte Angelika, blickte auf die Uhr und erschrak: „Himmel, es ist ja schon zehn Uhr." Sie sah auf die leere Bettseite neben sich.
„Wo bin ich?" Ach ja, sie brauchte einen Moment, um sich zurechtzufinden. Das Konzert, die Bar, Hans. Ein Lächeln breitete sich auf ihrem Gesicht aus. Sie hatten eine wunderschöne Nacht verbracht.

„Meine These hat sich wieder einmal bestätigt: Männer, die gut tanzen und küssen können, sind meistens auch großartige Liebhaber.“, dachte sie.
Die Tür ging auf und ein gut gelaunter Hans kam herein. Auf dem mitgebrachten Frühstückstablett standen zwei duftende Kaffeetassen, frisches Gebäck, Butter, Käse, sogar ein frischgeschnittener Obstsalat war dabei.
„Wie aufmerksam von dir“, stellte Angelika fest und erwiderte seinen Morgenkuss. Sie stand auf.
„Warte bitte einen Moment, ich gebe nur kurz Bettina Bescheid, dass ich etwas später komme.“
In diesem Augenblick läutete ihr Handy. Ihre Freundin aus Wien war am Apparat und wollte mit ihr plaudern.
„Hallo Iris, ich kann gerade schlecht telefonieren, ich melde mich morgen bei dir.“
Danach schrieb sie noch schnell die Nachricht an Bettina.

Nach dem Frühstück und einer ausgiebigen Dusche zu zweit wurde es Zeit, sich zu verabschieden.
„Danke für den schönen Abend und diese wunderbare Nacht. Du bist eine sehr ungewöhnliche Frau, Angelika. Hier hast du

meine Telefonnummer. Gibst du mir deine auch? Du weißt ja, dass ich in Wien lebe, ich hoffe aber schon, dass wir uns wiedersehen."
Hans nahm sie in den Arm und Angelika kuschelte sich an ihn.
„Ich habe die Zeit mit dir auch sehr genossen – und ja, wir bleiben natürlich in Kontakt." Ein leidenschaftlicher Kuss, ein letzter Blick. Angelika verließ beschwingt die Wohnung.

Bettina wartete bereits, ein wenig verstimmt war sie schon, dass sie allein frühstücken musste. Aber sie kannte ihre Freundin gut. Wenn diese einmal Feuer gefangen hatte, war sie nicht mehr zu halten. Und sie vergönnte es ihr von Herzen. Das Singleleben war auch nicht immer das Gelbe vom Ei und sie wusste, dass Angelika insgeheim trotzdem von ihrem ‚Mister Right' träumte, auch wenn sie nach außen oft eine andere Meinung vertrat.
„Du musst mir alles haarklein erzählen. Und lass ja nichts aus!", drohte sie Angelika mit einem Lachen, als sie ins Auto stiegen und die Heimfahrt nach Kärnten antraten.

Drei Wochen später in Wien

„Oho, schon acht Uhr, höchste Zeit zum Aufstehen, meine Liebe", ermunterte Iris sich selbst und stieg aus dem Bett. Noch schlaftrunken

taumelte sie in die Küche und schaltete ihre Kaffeemaschine ein. Der Kaffee musste stark und schwarz sein, auf Zucker verzichtete sie. Nachdem sie das Radio aufgedreht hatte, blickte sie aus dem Fenster ihrer Wohnung.
Was für eine Aussicht! Halb Wien lag ihr zu Füßen. Dieser Blick hatte sie von Anfang an begeistert und er hatte auch den Ausschlag gegeben, dass sie sich diese Wohnung nach ihrer Scheidung gekauft hatte. Seit zehn Jahren lebte sie da - und sie hatte noch keinen einzigen Tag davon bereut.
Natürlich war es nicht immer leicht, Single zu sein. Aber ein entscheidender Vorteil ihrer Lebensform war, dass Iris auf niemanden Rücksicht nehmen musste. Ihre Söhne waren bereits erwachsen und führten ihr eigenes Leben. Und ein Partner war weit und breit nicht in Sicht. Iris lernte auch regelmäßig Männer kennen. Bis jetzt war es immer bei Flirts oder Affären geblieben, die es erst gar nicht in den Status einer Beziehung geschafft hatten.
„Egal", dachte sich Iris, „das ist im Moment wirklich nicht das Thema, vielmehr: Was fange ich mit diesem wunderbaren Sommertag an?"
Sie hatte eine Einladung um 18 Uhr zum Abendessen bei ihrer Freundin Renate.
„Ich fahre heute wieder einmal in ein Bad", dachte sie. „Das habe ich schon seit Jahren nicht mehr gemacht." Das Thermometer sollte

auf 30 Grad steigen und es fiel ihr keine Alternative ein, was sie sonst unternehmen wollte.
Iris überlegte, welche ihrer Freundinnen sie wohl begleiten könnte. Einige waren schon im Urlaub, andere konnten sich am Wochenende wegen ihrer Familien nicht freinehmen.
„Vielleicht Karin? Aber nein, die ist beruflich in Spanien. Egal, dann fahre ich allein“, entschied Iris. Sie war es gewöhnt, allein zu sein. Allein ja, aber nicht einsam. Das machte für sie einen großen Unterschied.
„Aber wohin? In welches Bad?“
In Gedanken ging sie mehrere Möglichkeiten durch. Als sie noch verheiratet war, hatte sie mit der Familie öfter das ‚Krapfenwaldl‘ im 19. Bezirk besucht. Seinerzeit war das auch ein beliebter Treffpunkt der Wiener ‚zum Aufreißen‘ gewesen.
„Das ist eine gute Idee, dann habe ich es anschließend nicht weit zu Renate.“
Erfreut über ihre Entscheidung packte sie ihre Badetasche und machte sich einige Zeit später auf den Weg.

„Puh, ganz schön voll hier.“ Iris blickte um sich. Kein Wunder, mittlerweile war es ja auch fast schon Mittag. Sie marschierte über die Liegewiese. Da war noch ein Plätzchen frei, genau richtig, unter einem schattenspendenden Baum. Sie breitete ihre Decke aus und zog ihr

rot gepunktetes Sommerkleid aus, den blauen Bikini hatte sie schon darunter angezogen. Erst letzte Woche hatte sie diesen im Ausverkauf erstanden, er passte ihr ausgezeichnet. Mittlerweile war ihr schon sehr heiß, sie lief gleich zum Becken, um sich ins erfrischende Nass zu stürzen.
Herrlich. Einfach herrlich. Freude durchströmte sie, als sie sich am Rücken durchs Becken treiben ließ und in den wolkenlosen Himmel blickte. Ein Sonntag zum Genießen, ganz nach ihrem Geschmack.

Wieder zurück auf der Liegewiese schweifte ihr Blick umher und blieb an einem Mann hängen, der schräg vor ihr auf seiner Luftmatratze saß und ebenfalls seine Umgebung betrachtete.
„Hm, er sieht interessant aus und es scheint, als ob er allein wäre“, dachte Iris und lächelte, als sich ihre Blicke trafen. Sie nahm ihr Buch aus der Tasche, welches sie mitgenommen hatte. ‚Wir wilden weisen Frauen‘. Eine sehr spannende Lektüre. Iris war ein großer Fan der Autorin, die sie persönlich kannte, und rasch vertiefte sie sich in die Geschichten über die Kunst des Älterwerdens.

Plötzlich war ein Schatten über ihr. Iris blickte auf. Der attraktive Mann, den sie vorhin beobachtet hatte, stand vor ihr und grinste sie

an. Er hatte zwei Magnum in der Hand. „Möchtest du auch eines?“, fragte er sie. Iris lächelte. Das war einmal eine gelungene Anmache.
„Mein Lieblingseis, ja, sehr gerne, danke!“
„Ich bin Johann. Und wie heißt du?“, fragte er und setzte sich auf ihre Decke.
Die nächsten zwei Stunden unterhielten sie sich blendend. Sie lachten viel, Johann war witzig und charmant. Und dabei gar nicht oberflächlich. Außerdem sah er auch noch gut aus, war leicht gebräunt und hatte tiefblaue Augen. Iris verspürte ein Kribbeln im Bauch, das ihr nur zu bekannt war, als er wie nebenbei seine Hand auf ihren Arm legte.
„Und wie ist dein Status? Bist du Single?“, fragte Iris. Seit sie eine Affäre mit einem verheirateten Mann gehabt hatte, verlor sie wenig Zeit und klärte die Situation lieber gleich zu Beginn. Eine Wiederholung der alten Geschichte brauchte sie auf keinen Fall.
„Ich bin seit kurzem geschieden“, erklärte Johann.
„Und wie sieht es bei dir aus?“
„Ich bin auch geschieden und lebe schon länger allein. Und das sehr gerne“, erwiderte Iris.
„Aber wer weiß, was noch alles kommt. Das Leben ist immer für eine Überraschung gut. Komm, lass uns noch einmal ins Wasser gehen,

danach muss ich langsam aufbrechen, ich bin zum Essen bei einer Freundin eingeladen."

Eine Stunde später packte Iris ihre Sachen, während Johann sein Handy holte.
„Gibst du mir deine Telefonnummer? Ich finde, wir sollten unsere Unterhaltung unbedingt fortsetzen. Du bist eine interessante Frau, Iris, und ich würde dich sehr gerne näher kennenlernen. Was meinst du?"
Iris überlegte nicht lange.
„Klar, sehr gerne, das würde mich auch freuen", antwortete sie und tippte ihre Nummer in sein Handy.
„Na dann, bis bald, ich melde mich verlässlich."
Als Johann ihr links und rechts zum Abschied ein Busserl auf die Wangen drückte, zog Iris seinen Kopf zu sich und gab ihm mutig einen Kuss. Dann nahm sie ihre Sachen, rief fröhlich ‚Ciao' und marschierte los.

Angelikas Handy läutete und ihre Augen leuchteten auf, als sie ‚Hans' auf dem Display las. Seit sie aus Fürstenfeld zurückgekommen war, telefonierten sie mehrere Male die Woche. Und an diesem Wochenende sollte es endlich zum Wiedersehen kommen. Angelika wollte während ihres Besuches bei ihrer Freundin Iris in Wien auch Hans treffen.

Die Zeit verging wie im Flug und schon bald war es Freitag. Sie hatte geplant, den Zug um dreizehn Uhr zu nehmen und freute sich wirklich schon sehr auf das Date mit Hans, aber auch darauf, ihre Freundin wiederzusehen. Es waren schon fast fünf Monate vergangen, seit sie diese das letzte Mal getroffen hatte.

In Wien holte Iris sie vom Bahnhof ab. „Wie schön, dich wiederzusehen“, rief Angelika und umarmte sie innig.
Zu Hause wurde erst einmal eine Flasche Prosecco aufgemacht und auf das Wiedersehen angestoßen.
„Ich habe dir ja so viel zu erzählen“, platzte Angelika heraus und ihre Augen begannen zu leuchten.
„Stell dir vor, ich habe beim Smokie-Konzert einen wunderbaren Mann kennengelernt.“
Während Iris das Abendessen zubereitete, erzählte Angelika in allen Einzelheiten von ihrer Begegnung mit Hans.
„Wir haben uns für morgen ein Treffen ausgemacht, ich bin schon so aufgeregt und kann es kaum erwarten!“

Zur Gemüselasagne öffnete Iris eine Flasche guten italienischen Rotweins.
„Auf dein Date und ein schönes gemeinsames Wochenende“, prostete sie Angelika zu.

„Und bei dir Iris? Was gibt es Neues in punkto Männer?“
„Stell dir vor, mir ist im Bad ein interessanter Mann begegnet. Wir haben uns hervorragend unterhalten, er hat mich um meine Telefonnummer gebeten und wir haben uns auch schon zweimal zum Abendessen getroffen. Außer ein paar Küssen ist aber noch nichts weiter passiert. Du weißt ja, ich möchte es in Zukunft langsam angehen, die letzte Erfahrung war desillusionierend genug.“
„Und wie ist er so? Was interessiert dich an ihm? So schnell fasziniert dich niemand, und wenn du schon zweimal mit ihm essen gewesen bist, dann hat er dich bestimmt beeindruckt.“
Iris lächelte, ihre Freundin kannte sie sehr gut.
„Das Wichtigste für mich ist, dass er geschieden ist. Und er ist humorvoll. Sportlich. Groß. Intelligent. Warmherzig. Und er küsst gut. Und dein Hans?“
„Am meisten gefallen mir seine blauen Augen. Groß und sportlich ist er auch. Er arbeitet als Journalist und ist seit kurzem geschieden.“
Ein eigenartiges Gefühl breitete sich in Iris‘ Bauch aus.
„Sag einmal, wo genau wohnt er denn?“
„Irgendwo im 19. Bezirk.“
Angelika wurde mulmig bei der Frage von Iris.
„Wie genau heißt noch mal das Bad, wo du gewesen bist?“

„Krapfenwaldl."
„Ich glaube, Hans hat das Bad auch erwähnt."
Angelika wurde blass, die Freundinnen blickten einander an.
„Wie heißt denn deine Eroberung, Iris?", fragte Angelika mit brüchiger Stimme.
„Johann."
Stille. Nur das Ticken der Uhr war zu hören.
Sie nahm einen tiefen Schluck aus ihrem Glas. Dann kramte sie in ihrer Tasche, holte ihr Handy heraus und zeigte Iris ein Foto vom Konzert.
„Es ist aber nicht dieser Mann? Bitte, bitte sag, dass es nicht Hans ist."
Noch bevor Iris das Bild ansah, wusste sie genau: Dieser Mann war Johann.
Ein kurzer Blick genügte, ihr Verdacht hatte sich bestätigt.

Fassungslos starrten die Freundinnen einander an. Was für ein Zufall: Eine Kärntnerin lernt in der Steiermark einen Steirer kennen, der in Wien wohnt und dem ihre Freundin kurze Zeit später dort im Bad über den Weg läuft.
„Und was machen wir jetzt?", fragte Iris, nachdem sie den ersten Schock überwunden hatte.
„Ich möchte sehen, wie er reagiert. Wir gehen morgen gemeinsam zum Treffen", erwiderte Angelika.

„Ich bin schon sehr gespannt, was er für ein Gesicht macht, wenn er uns gemeinsam sieht. Beim letzten Telefonat, als ich gesagt habe, dass ich nach Wien komme, hat er etwas komisch reagiert. Eigentlich wollte ich, dass wir uns heute treffen, da ist er fast ein wenig panisch geworden."
Angelika runzelte die Stirn.
„Und wenn ich so nachdenke: Wir haben immer nur unter der Woche miteinander telefoniert. Am Wochenende hatte er ständig beruflich zu tun. Wer weiß, was er sonst noch zu verbergen hat", unkte sie.
Sie nahm ihr Handy und begann im Internet zu ermitteln. Iris bezeichnete ihre Freundin manchmal scherzhaft als Detektivin. Und tatsächlich hatte sie schon gelegentlich sehr interessante Dinge über Menschen ans Tageslicht gebracht.
Nach zehn Minuten intensiven Suchens wurde Angelika fündig. Sie zeigte Iris ein Foto. Hans, alias Johann, mit einer attraktiven, schwarzhaarigen, deutlich jüngeren Frau und einem kleinen Mädchen von ungefähr drei Jahren.
„Aber wer weiß, wie alt dieses Foto schon ist", warf Iris ein. „Bestimmt war das vor der Scheidung", mutmaßte sie mit hoffnungsvoller Stimme.

„Ich bin mir da nicht mehr so sicher“, widersprach Angelika. „Auf alle Fälle gehen wir morgen gemeinsam zur Verabredung und stellen ihn zur Rede.“

Am nächsten Tag machten sich die beiden auf den Weg in die Innenstadt. Sie hatten als Treffpunkt das Restaurant ‚Motto am Schiff‘ vereinbart. Kurz vor elf Uhr gingen sie die Treppen hoch und wurden zum reservierten Platz gebracht. Normalerweise beobachteten die Freundinnen gerne die Gäste, jetzt allerdings waren sie zu sehr mit ihren Gefühlen beschäftigt, obwohl sich alle zwei bemühten, Gelassenheit auszustrahlen.
Iris war betroffen, weil sie sich nicht vorstellen konnte, dass Johann vielleicht tatsächlich noch verheiratet war. Natürlich war er ihr sehr sympathisch und sie hatten auch zwei schöne Abende gemeinsam verbracht, doch sie hatte sich noch nicht in ihn verliebt.
Angelika jedoch war wütend. Schon die Tatsache, dass er kurz nach ihrer gemeinsam verbrachten Nacht Iris angesprochen hatte, brachte sie auf die Palme. Aber dass er ihr am Telefon die ganze Zeit über das Gefühl gegeben hatte, sie wäre seine Traumfrau und er könne sich eine Beziehung mit ihr vorstellen, das schlug dem Fass den Boden aus. Angelika war sich ziemlich sicher, dass er noch gar nicht

geschieden war. Vielleicht hatte er es nicht einmal vor, immerhin schien es da ja ein kleines Kind zu geben.

Ihre Wut steigerte sich: „Der kann jetzt was erleben."

Sie sah ihn von weitem die Treppe hinaufkommen. Iris tätschelte beruhigend ihre Hand. „Das stehen wir gemeinsam durch", ermunterte sie Angelika. „Komm, lächle, das ist die beste Taktik."

Hans, alias Johann, kam auf sie zu, nahm seine Sonnenbrille ab – und wurde plötzlich leichenblass.

„Hallo, Hans", flötete Angelika zuckersüß.

„Hallo, Johann", säuselte Iris.

Dieser war so schockiert, dass er einfach verdattert stehenblieb und sie beide mit offenem Mund anstarrte, als hätte er gerade eine Fata Morgana gesehen.

„Also ich, ich…", stotterte er.

„Wieso bist du, seid ihr, ich verstehe das nicht…"

Er schüttelte den Kopf.

„Wir verstehen auch so einiges nicht, Hans-Johann", bemerkte Angelika süffisant. „Vor allem würde uns sehr interessieren, wer diese Frau ist und was dieses Kind mit dir zu tun hat?"

Sie hielt ihm ihr Handy mit besagtem Foto entgegen. „Und wag es ja nicht, uns anzulügen. Du bist noch immer verheiratet. Stimmt's?"
Angelika wurde lauter: „Alles erstunken und erlogen, du, du…"
Hans wich zurück.
„Sei zumindest so ehrlich und sag uns jetzt sofort die Wahrheit", drohte Iris in gefährlich leisem Ton. „Du hast keine Ahnung, wozu verletzte Frauen in der Lage sind!"
Ihm schoss die Röte ins Gesicht und er rang um Fassung.
„Also ja, ja ich bin noch verheiratet", gab er schließlich zu.
Es war ihm anzusehen, dass er am liebsten in einem Mauseloch verschwunden wäre. Angesichts der Tatsache, dass er es gleich mit zwei aufgebrachten Frauen zu tun hatte, war ihm sonnenklar, dass jeder weitere Satz sinnlos wäre und so trat er lieber den Rückzug an.
„Dann geh ich besser. Es tut mir alles echt leid."
Mit dieser fadenscheinigen Entschuldigung drehte er sich um und marschierte schnellen Schrittes die Treppe hinunter, die er erst vor wenigen Minuten hinaufgekommen war.

„Uff", die Freundinnen blickten einander an.
„Lieber ein Ende mit Schrecken als ein Schrecken ohne Ende", meinte Angelika und

wischte sich eine Träne aus dem Auge. Sie nahm Iris in die Arme.
„Kein Mann wird je unsere Freundschaft zerstören – und schon gar nicht so ein Typ.“
Entschlossen winkte sie dem Kellner: „Zwei Gläser Prosecco, bitte!“

One-Night-Stands

„Happy birthday to you, liebe Elisabeth", rief Barbara. Sie stießen mit ihren Gläsern an. „Von Herzen alles Gute zu deinem 50er“, ergänzte Claudia. „Mögen sich all deine Träume und Wünsche erfüllen“, fügte Petra hinzu. „Und auf die Liebe!“, rief Julia, die mit ihren 45 Jahren das Küken in der Runde war.
Julia hatte die Freundinnen in ihr Haus eingeladen, um diesen besonderen Geburtstag zu feiern. Es war ein lauer Sommerabend, sie hatten gerade das ausgezeichnete Büffet genossen und waren bei der dritten Flasche Prosecco angelangt.
Julia legte Musik aus den 70er Jahren auf und alle begannen ausgelassen zu tanzen. Nach mehr als einer halben Stunde ließ sich Elisabeth auf das Sofa fallen.
„Mädels, ich kann nicht mehr“, sie nahm einen Schluck aus ihrem Glas.
„Früher hast du nicht so schnell schlapp gemacht“, witzelte Claudia. „Ja, früher…“
Die soeben gehörten Songs hatten bei allen Erinnerungen an vergangene Zeiten geweckt.
Julia stellte die Stereoanlage leiser und wechselte zu ruhigerer Musik. Angeregt durch den letzten Titel der Pointer Sisters, ‚I am so excited‘, sprudelte es aus ihr heraus:

„Ich habe eine Idee! Es hat doch sicher jede von uns einen One-Night-Stand in ihrem Leben gehabt. Oder nicht? Zumindest in ihrer Jugend oder im Urlaub. Jede erzählt jetzt so eine Story!“
„Das ist eine witzige Idee!“, rief Petra aus. „Elisabeth, du als Geburtstagskind machst den Anfang!“
„Dann brauchen wir aber unbedingt noch etwas zu trinken.“
Julia sprang auf, ging in die Küche und holte eine weitere Flasche von dem wunderbaren, italienischen Prosecco aus dem Kühlschrank.
Als alle Gläser wieder gefüllt waren, wandte sich Barbara Elisabeth zu.

„Jetzt erzähl“, es gibt doch bestimmt eine erotische Geschichte aus deiner Vergangenheit“, ermunterte sie diese. Elisabeth zögerte ein wenig.
„Aber es bleibt auch wirklich unter uns?“
„Ja sicher, natürlich, außerdem kommt sowieso jede dran“, erwiderte Julia.

„Ich machte vor einigen Jahren Urlaub in der Türkei“, begann Elisabeth …

Ein unmoralisches Angebot

Elisabeth lag auf ihrer Liege am Sandstrand und blickte um sich. So viele hübsche junge Menschen waren hier. Die Mädels trugen knappe Bikinis, einige von ihnen waren am ganzen Körper tätowiert. Die meisten hatten die Figur eines Models. Die Männer zeigten in modischen Badehosen ihre trainierten Körper. Sie blickte ihnen hinterher.
„So habe ich nicht einmal mit zwanzig ausgesehen“, dachte sie resigniert. Ihre Figur war schon immer fraulich gewesen, mit einem festen, großen Busen, einer schlanken Taille und ausgeprägten Hüften. Gut proportioniert, könnte man sagen. Zu Zeiten von Marilyn Monroe mag das auch gegolten haben. Aber heute? Jung, dynamisch, schlank und „immer gut drauf“- das war die Devise, auf die es ankam.

Und bei nichts von all dem konnte Elisabeth noch mithalten. Sie war 44 und ihr graute bereits vor ihrem fünfzigsten Geburtstag. Sie war nur mäßig sportlich und „gut drauf“ war sie in letzter Zeit auch nicht. Genau genommen seit einem halben Jahr nicht mehr, seit ihre Beziehung in Brüche gegangen war. Diesen Urlaub hatte sie sich vom Mund abgespart,

denn so einen teuren Club konnte sie sich gar nicht leisten.
Aber sie wollte auf keinen Fall als frischgebackener Single in einem Hotel landen, wo sich ausschließlich händchenhaltende Pärchen oder Familien aufhielten. So fiel ihre Wahl auf den Club in der Türkei, wo es laut Beschreibung auch viele Alleinreisende gab. Allerdings war das Durchschnittsalter um die dreißig, das hatte aber nicht im Katalog gestanden. Elisabeth fühlte sich ziemlich alt.
Obwohl sie kommunikativ und gesellig war, hatte sie bis jetzt nur ein paar belanglose Gespräche geführt - und das ausschließlich mit Frauen. So hatte sie sich ihren ersten Urlaub als Single nicht vorgestellt. Es war schon der vierte Urlaubstag und ein Flirt, wie sie es sich erträumt hatte, schien in weite Ferne gerückt zu sein. Ihre Stimmung sank zusehends, vor allem, als sie die fröhlichen Menschen um sich herum betrachtete, die alle glücklich zu sein schienen.

Elisabeth seufzte. „Ich brauche unbedingt etwas, das mich aus diesem Tief holt, am besten ich gönne mir eine Massage.“ Gesagt, getan. In dieser Situation war ihr auch egal, was die Behandlung kosten würde. Sie marschierte zur Information und fragte nach einem Termin.
„Sie haben Glück, gerade hat jemand bei Hassan abgesagt. Kommen Sie um sechzehn

Uhr in den Wellness-Bereich!", informierte sie die freundliche Rezeptionistin.
„Wunderbar, ich freu mich sehr, dass es funktioniert", erwiderte Elisabeth und schlagartig fühlte sie sich besser.

Beim Mittagsbuffet plauderte sie angeregt mit ihren Tischnachbarn und beim anschließenden Kaffee wurde sie von einem gutaussehenden Landsmann angesprochen. Sie verabredeten sich auf einen Drink nach dem Essen an der Bar.
„Wahrscheinlich hängt es doch mit meiner Ausstrahlung zusammen", dachte Elisabeth. „Ich muss einfach dafür sorgen, dass ich gute Laune habe."

Kurz vor vier Uhr machte sie sich auf den Weg zu ihrem Termin. Als sie das Zimmer betrat, wurde sie von Hassan, einem äußerst attraktiven Türken herzlich willkommen geheißen. Er sprach sehr gut Deutsch und bat sie, sich zu entkleiden und auf der Liege Platz zu nehmen.

Im Gegensatz zur Hitze draußen herrschte in dem Raum eine angenehme Temperatur.
Er war ein wenig abgedunkelt und leise Musik ertönte aus dem Hintergrund.

„Du möchtest eine Wohlfühlmassage. Stimmt das?“
„Ja, ich habe sechzig Minuten gebucht“, antwortete sie, schloss die Augen und versuchte sich zu entspannen. Hassan hatte wunderbare Hände und das Öl, das er verwendete, strömte einen zarten Orangenduft aus.
„Passt es für dich?“, fragte er sie nach einer Weile und Elisabeth brummte wohlig: „Ja. Großartig.“ Sie seufzte leise, es fühlte sich wunderbar an.
Sie war kurz eingedöst, als sie hörte, wie Hassan fragte: „Und wie gefällt es dir im Club? Bist du mit deinem Freund hier?“
„Nein, ich bin solo, mein erster Urlaub nach der Trennung“, antwortete sie.
„So eine großartige Frau - und allein“, lächelte er. „Aber das muss ja nicht so bleiben.“
Er massierte ihren Rücken und anschließend ihre Schultern, die extrem verkrampft waren. Seine Hand wanderte weiter zu ihrem Nacken und ein Schauer durchströmte sie, als er auf einen empfindlichen Punkt traf.
„Das tut dir gut. Oder? Ich glaube, du bist schon länger nicht wirklich berührt worden. Habe ich recht? Dein verspannter Körper zeigt es mir“, sagte er mit rauer Stimme.
Eigentlich hätte Elisabeth ihn in die Schranken weisen müssen, aber plötzlich fand sie Hassan und die gesamte Situation sehr aufregend und

erotisch. Sie merkte, wie ihr Herz schneller schlug. Er zog sie an sich und küsste sie. Sie erwiderte den Kuss.
„Heute Abend habe ich Zeit für dich, schöne Frau. Wenn du willst, dann massiere und verwöhne ich dich", Zimmer 405, ich warte auf dich um zwanzig Uhr."
Dann ließ er sie sachte los, warf ihr eine Kusshand zu und ging in den Nebenraum. Elisabeth war vollkommen verwirrt. Wie in Trance zog sie ihr Strandkleid über und machte sich auf den Weg zu ihrem Zimmer.

Dort angekommen, warf sie sich aufs Bett. Hatte sie geträumt? Wie konnte sie sich in so eine Situation manövrieren? Das war doch eindeutig ein unmoralisches Angebot gewesen. Sie begann zu lachen und ihre Spannung löste sich. Warum sollte sie sich nicht auf dieses Abenteuer einlassen? Schließlich war sie niemandem Rechenschaft schuldig.
Hassan war garantiert nicht älter als dreißig, so etwas würde ihr bestimmt nicht noch einmal passieren.
„Trau dich", sprach ihr eine innere Stimme Mut zu. „Wenn es für dich nicht stimmig ist, dann gehst du einfach wieder. Du hast nichts zu verlieren."
Kurz vor acht Uhr machte sie sich auf den Weg, ihr Herz pochte laut und sie war sehr aufgeregt.

„Wie schön, du bist tatsächlich gekommen", freute sich Hassan und zog sie an sich. Was für ein Gefühl! Sie hatte es sehr lange entbehrt. Liebkost und erregt zu werden. Sich schön und begehrenswert zu fühlen. Sich wieder zu spüren.
„Alles richtig gemacht, Elisabeth", durchfuhr es sie, bevor sie sich ihm hingab.
Später am Abend schritt sie beschwingt zur Bar. „Guter Sex ist das beste Schönheitsmittel", das hatte schon ihre Mutter gesagt. Es schien zu stimmen, denn ihre Augen strahlten, als Jürgen, mit dem sie zum Drink verabredet war, auf sie zutrat.

„Gab es eine Fortsetzung dieses Techtelmechtels?", fragte Barbara. „Nein, es war ein One-Night-Stand im besten Sinn - und das war gut so", antwortete Elisabeth. „Jürgen habe ich allerdings noch einige Male in Wien getroffen. Wir haben uns sehr gut verstanden, aber für eine Beziehung hat es letztendlich doch nicht gereicht."
„Eine wirklich unglaubliche Geschichte", rief Petra.
„Eine pikante Story aus einem Urlaub kann ich euch auch erzählen", setzte sie fort. „Ich war mit einer Freundin in einem Club in Griechenland. Es ist bestimmt zwanzig Jahre her …

Das Spiel beginnt

Petra und ihre Freundin Eva schlürften an ihren Drinks, einem ausgezeichneten Caipirinha, und wippten im Takt der Musik dazu. Es war ein besonders warmer Augustabend und es herrschte ausgelassene Stimmung. Sie blickten sich um. Das Publikum bestand hauptsächlich aus jungen, sportlich aussehenden Menschen, die alle gerne feierten und flirteten.

Sich für diesen Club zu entscheiden, war goldrichtig gewesen. Das Ambiente war sehr ansprechend, ihr Zimmer modern eingerichtet und das Essen war hervorragend. Am langgezogenen Sandstrand gab es ausreichend Platz und das glasklare Meer lud schon morgens zum Schwimmen ein. Sie fühlten sich sehr wohl. Petra, die leidenschaftlich gerne Tennis spielte, fand hier genügend Partner. Eva nahm an den angebotenen Fitness-Stunden teil und so hatten beide ihren Spaß. Am Abend gab es ein großartiges Programm im Theater, anschließend Musik ‚am Schachbrett' - so wurde der Bereich zum Tanzen genannt.

Im Laufe der Woche hatten sie schon etliche Leute kennengelernt, darunter auch einige allein reisende Männer. Eva war in einer Beziehung und an keinem Flirt interessiert.

Petra hingegen war Single, bis dato hatte allerdings noch keiner ihr Interesse geweckt. An diesem Abend jedoch fiel ihr ein groß gewachsener, lässiger Typ mit Glatze auf. Er besaß einen trainierten Körper und war außergewöhnlich gut gekleidet. Er stand mit zwei Frauen an der Bar und blickte gelangweilt um sich. In diesem Moment kreuzten sich ihre Blicke. Sie fühlte sich sofort magisch von ihm angezogen. Petra setzte ihr verführerisches Lächeln auf.

„Eva, schau einmal, der Mann dort drüben – der würde mir gefallen!“

Er hob sein Glas und prostete ihr zu. Petra tat es ihm gleich und als er kurz darauf auf sie zukam und fragte, ob sie tanzen wolle, zögerte sie keinen Moment.

Aus den Lautsprechern erklang ein rockiger Song aus den siebziger Jahren, solche Lieder liebte sie. In ihrem enganliegenden weißen Sommerkleid sah sie hinreißend aus. Trotz der hohen Schuhe war ihr Tanzpartner gute zehn Zentimeter größer.

„Ich heiße Thorsten“, begann er das Gespräch.

„Petra, aus Wien“, antwortete sie.

„Aus welcher Stadt kommst du?“

„Aus Lübeck.“

Schweigend tanzten sie weiter. „Zu den großen Rednern gehörst du wohl nicht?“, entschlüpfte es ihr nach einer Weile. Er blickte sie lange an.

„Manchmal sagen Blicke mehr als Worte."
Petra spürte einen wohligen Schauer. Er zog sie noch näher an sich, um sie jedoch kurz darauf abrupt loszulassen.
„Tut mir leid, jetzt muss ich an die Bar zurück. Wir sehen uns hoffentlich noch."
Weg war er. Irritiert kehrte Petra zu ihrer Freundin zurück.
„Was hat er gesagt?", fragte Eva neugierig.
„Nicht viel. Ich nehme an, dass er mit seiner Freundin oder Frau im Club ist. Schade, denn er wäre eine Sünde wert!"

Der letzte Abend war angebrochen und Petra machte sich besonders schick. Das knöchellange rote Sommerkleid war tief dekolletiert und betonte ihren Busen. Die schwarzen schulterlangen Haare trug sie offen und ihre gebräunte Haut benötigte kein Make-up.
„Heute möchte ich mich richtig amüsieren", sagte sie zu Eva.
Schon beim Essen unterhielten sie sich sehr gut mit zwei Pärchen, die mit ihnen am selben Tisch saßen. Sie hatten viel Spaß und tranken mehr Wein als sonst. Beschwingt marschierten sie anschließend zur Bar. Petra blickte sich um, Thorsten stand am anderen Ende der Theke, er war wieder von mehreren Frauen umgeben.
„Eva, erweist du mir einen Gefallen?", bat sie die Freundin.

„Das kommt darauf an, was hast du denn vor?"
„Ich gehe jetzt in die Offensive. Morgen sitze ich in Wien und dann bereue ich wieder, dass ich nicht mutiger gewesen bin."
Sie bat den Barkeeper um einen Zettel und einen Stift und schrieb: „Das Spiel beginnt. Treffpunkt um Mitternacht in der Disco." Sie faltete das Blatt und gab es Eva.
„Sei so lieb und stecke Thorsten unauffällig diese Botschaft zu!"
„Das ist doch nicht dein Ernst! Was steht denn da drin?"
„Dass ich ihn treffen möchte. Und du bist mein Postillon d'Amour", grinste sie.
„Na gut, aber nur, weil du meine Freundin bist", seufzte Eva.
Geschickt pirschte sie sich an Thorsten heran. Sie wartete auf einen günstigen Moment, steckte ihm den Zettel zu und flüsterte: „Ich habe hier eine Nachricht für dich." Er wirkte sehr überrascht, steckte ihn aber ein.

Zehn Minuten vor zwölf machte sich Petra aufgeregt auf den Weg. Die Freiluftdisco lag in einem abgelegenen Bereich des Clubs und öffnete erst um ein Uhr. Es war finster. Fast ein wenig unheimlich. Und sehr still. Ob er kommen würde? Einen Moment zögerte sie. „Noch ist Zeit genug, ich könnte auch umkehren und auf unser Zimmer gehen", überlegte sie. „Was

soll's. Wer A sagt, sollte auch B sagen!", ermunterte sie sich selbst.
Und außerdem war sie schon da. Ihre Augen hatten sich an die Dunkelheit gewöhnt. Dort stand er, ein großer Schatten, der sich jetzt auf sie zubewegte. Thorsten nahm sie wortlos in die Arme nahm und küsste sie intensiv.
„Schön, dass du meiner Einladung gefolgt bist", flüsterte Petra.
„Komm, wir gehen zum Strand", antwortete er und nahm ihre Hand. Es war eine laue Nacht und der Vollmond leuchtete. Keine Menschenseele war zu sehen, nur das Rauschen der Wellen war zu hören. Langsam zogen sie sich gegenseitig aus und legten sich in den warmen Sand...

„Ich nehme an, auch da gab es keine Fortsetzung?", fragte Julia.
„Ihr werdet es nicht glauben, aber ich bin ihm zufällig ein Jahr später in Lübeck über den Weg gelaufen. Er war in Begleitung einer Frau und wir haben uns nur kurz gegrüßt."

„Wer möchte als Nächste erzählen?"
„Gut, dann fahre ich fort. Meine Geschichte spielt in Mailand", begann Barbara.

Silvester in Mailand

„Hast du zum Jahreswechsel schon etwas vor?", fragte Marlene ihre Freundin Barbara.
„Nein, noch nicht. Warum?"
„Einer meiner Bekannten, Gerhard, ist Buschauffeur und fährt mit einer Gruppe über Silvester nach Mailand. Hättest du Interesse? Soll ich zwei Plätze für uns buchen?"
„Ja, das ist eine großartige Idee von dir. Mach das!"
Barbara freute sich sehr. Sie hatte keine große Lust, wie vergangenes Jahr diesen Abend in ihrem Bekanntenkreis zu verbringen. Er bestand aus lauter Paaren und sie hatte sich doppelt allein gefühlt, als sich zu Mitternacht alle in den Armen gelegen waren. Da war eine Reise mit ihrer Single-Freundin eine großartige Alternative.

Am Silvesterabend waren sie mit Gerhard und seiner Frau unterwegs. Zuerst speisten sie in einem ausgezeichneten Restaurant, gegen Mitternacht spazierten sie mit einer Flasche Dom Perignon zum Domplatz, um auf das neue Jahr anzustoßen. Dort waren schon viele Menschen versammelt. Eine Band spielte bekannte Lieder und es herrschte großartige Stimmung.

„Prost, auf ein wunderbares, erfolgreiches und gesundes neues Jahr!“, rief Marlene und umarmte ihre Freundin. Dann hakte sie sich bei ihrem Nachbarn unter, begeistert sangen und tanzten sie mit der Menge mit.

Gegen halb zwei machten sie sich auf den Weg ins Hotel. Unterwegs kamen sie an einer Bar vorbei, aus der laute Musik erklang und wo anscheinend eine übermütige Stimmung herrschte. „Komm, da trinken wir noch einen Absacker!“ Barbara zog ihre Freundin mit sich, das Ehepaar hatte sich zuvor schon verabschiedet.
Die Bar war sehr gut besucht, im rückwärtigen Teil wurde ausgelassen getanzt. Sie wurden mit einem lauten ‚Hallo‘ begrüßt und jemand drückte ihnen sofort ein Glas Sekt in die Hand. „Salute e felice buon anno“, ertönte es neben Barbara. Sie prostete dem gutaussehenden Italiener zu. Er lachte, nahm sie an der Hand und zog sie einfach auf die Tanzfläche. Er sprach nur ein wenig Englisch, aber das war unwesentlich. Er bewegte sich gut zur Musik und steckte sie mit seiner Fröhlichkeit an.
Sein Freund nahm sofort Marlene in Beschlag. Er wirkte sehr sympathisch und sprach auch gut Deutsch. Sie unterhielten sich prächtig und Pedro flirtete mit ihr. Normalerweise war Marlene eher introvertiert, aber an diesem

Abend warf sie alle Bedenken über Bord und erwiderte seine Avancen.
Als Barbara zwei Stunden später meinte: „Jetzt bin ich aber wirklich müde. Komm, gehen wir ins Hotel!“, war sie etwas enttäuscht, zu gut hatte ihr Pedro gefallen.
„Ich muss dich jetzt leider verlassen, meine Freundin möchte ins Bett“, erklärte sie ihm.
„Das finde ich sehr, sehr schade.“ Er küsste sie intensiv. Dann tauschten sie die Telefonnummern aus und die Freundinnen machten sich - mittlerweile ziemlich angeheitert - auf den Weg ins Hotel.
Zu müde für eine Unterhaltung fielen sie ins Bett. Barbara war gerade beim Einschlafen, als sie einen Brummton hörte.
„Was soll das? Ist das dein Handy?“ Stille. Ein neuerliches Brummen ertönte.
„Bitte schalte es aus, oder heb‘ ab!“, murrte sie.
Marlene hob ab: „Wer spricht? Wirklich? Was? Ich weiß nicht...Moment.“
„Barbara, Pedro steht mit seinem Freund unten vor dem Hoteleingang. Sie möchten heraufkommen. Was soll ich denn nur sagen?“ Sie klang sehr aufgeregt. Mit einem Schlag war auch Barbara hellwach.
„Ich weiß nicht recht, willst du das wirklich?“

„Warum nicht? Wir leben nur einmal...und endlich hat mir wieder einmal ein Mann gefallen. Komm, sei keine Spielverderberin!"
Barbara erkannte ihre Freundin nicht wieder, so spontan war sie selten.
„Na gut, wenn du unbedingt möchtest", hörte sie sich sagen.
Sie zogen sich in Windeseile an, marschierten zum Eingang und öffneten die Türe für die beiden Männer. Kichernd schlichen sie sich in den ersten Stock, sie kamen sich vor wie am Schulschikurs. „Psst, leise sein", flüsterte Marlene. Schließlich war es fast fünf Uhr morgens.

Pedro hatte noch eine Flasche Sekt mitgebracht. Gläser gab es natürlich keine, so nahmen sie die zwei Zahnputzbecher. Sie lachten und alberten herum, alle waren schon ziemlich alkoholisiert. Die beiden Pärchen begannen sich zu küssen, das eine auf dem Bett, das andere auf dem Sofa. Als Barbara zwischendurch ihre Augen öffnete, sah sie, dass ihre Freundin schon halb ausgezogen war. Das ging ihr jetzt doch zu weit. Sie nahm ihren Italiener an der Hand und zog ihn aus dem Zimmer.
Barbara wusste, dass die Rezeption besetzt war, und schickte ihn dorthin, damit er noch ein anderes Zimmer organisieren möge.

Tatsächlich, es dauerte nur Minuten, bis er lachend mit einem Schlüssel zurückkam.
Es wurde eine kurze, aber heiße Nacht. Drei Stunden später wurde Barbara durch ein Geräusch geweckt. „Um Himmels Willen, wo bin ich nur?“, sie blickte sich schlaftrunken um und sah einen Mann, der sich gerade anzog.
Als er bemerkte, dass sie wach war, sagte er: „Ciao bella, I have to go to work, it was very nice with you. Here is my number.”
„I don't even know your name!”
Barbara griff sich an den Kopf. Ihr Schädel brummte. Sie war sich nicht mehr sicher, ob sie den Namen vergessen hatte oder ob sie ihn tatsächlich nicht wusste.
„Sandro. My name is Sandro.”
Was für eine skurrile Situation. Barbara musste lachen.
„Ciao, Sandro. E felice buon anno!”

„Was für eine schräge Story“, rief Elisabeth.
„Und habt ihr je wieder von den beiden gehört?“, fragte Julia.
„Marlene hat noch ein- oder zweimal mit Pedro telefoniert, aber Wiedersehen gab es keines mehr“, antwortete Barbara.
„Jetzt du, Claudia! Hattest du je einen One-Night-Stand?“, fragte Elisabeth.

„Nein, da kann ich nicht mitreden. Allerdings habe ich wirklich schöne Erinnerungen an Torremolinos. Ich war Anfang zwanzig, als ich mit meiner Schwester Ilse dort Urlaub machte. Und ich verliebte mich unsterblich in einen Spanier."

„Erzähle, das gilt natürlich auch!"

Eviva España

Claudia saß im Wohnzimmer und hatte verschiedene Reisekataloge vor sich ausgebreitet. Wohin nur sollte ihr Urlaub dieses Jahr gehen? Spanien, Griechenland - oder doch in die Türkei? Unschlüssig blätterte sie hin und her. Ihre Reisegefährtin wollte dieses Jahr mit ihrem neuen Freund wegfahren. Sie war zwar eingeladen, sich den beiden anzuschließen, aber sie wollte auf keinen Fall das fünfte Rad am Wagen sein. Sie hatte aber auch keine große Lust, allein zu verreisen.
Mitten in diesen Überlegungen läutete ihr Handy. Es war ihre Schwester Ilse.
„Stell dir vor, ich habe kurzfristig Urlaub bekommen. Wir wollten doch schon lange gemeinsam eine Woche wegfliegen. Was meinst du? Hast du Lust dazu?“, sprudelte es aus ihr heraus.
Claudia atmete erleichtert auf. Das war die Lösung. An ihre Schwester hatte sie gar nicht gedacht. „Eine hervorragende Idee. Das machen wir!“, rief sie begeistert.

Am nächsten Tag trafen sie sich im Reisebüro und ließen sich beraten. Zu weit weg und zu teuer sollte es nicht sein. Sie wollten Sonne, Sand, Meer und Party. Vielleicht auch ein

erotisches Abenteuer - aber das konnte man ja nicht mitbuchen.
Die Expertin unterbreitete ihnen verschiedene Angebote. Sie war sehr geduldig, denn es dauerte eine Weile, bis sich die Schwestern arrangiert hatten. Schließlich einigten sie sich auf die Destination Spanien und buchten ein Zimmer mit Frühstück in einem Dreisternehotel in Torremolinos.
„Ich freu mich so“, rief Claudia und umarmte Ilse. „Wir werden es bestimmt lustig haben. Ich bin froh, dass du mich gefragt hast!“

Zwei Wochen später waren sie in Südspanien. Die Costa del Sol galt als ein sehr beliebtes Reiseziel, es wimmelte von Touristen. Riesige Hotelbauten reihten sich aneinander. Es gab unzählige Geschäfte, Restaurants, Bars und Nachtclubs. Torremolinos war bekannt für sein Nachtleben. Wie überall in Spanien begann es erst um 23 Uhr oder noch später. Es war genau der richtige Ort für die Schwestern. Auf Sightseeing hatten sie sowieso keine Lust, dafür umso mehr auf Feiern und Flirten.

Bereits am ersten Abend lernten sie zwei Holländer kennen. Sie hatten viel Spaß, denn sie luden sie in einen der angesagtesten Clubs der Stadt ein.

Es war bereits drei Uhr morgens, Claudia hatte mehr als eine Stunde durchgetanzt. Auf der Tanzfläche war sie ganz in ihrem Element, deshalb brauchte sie auch keinen Partner. Sie war müde und kehrte daher an die Bar zurück, wo Ilse heftig mit Hendrik aus Amsterdam flirtete. Aber wo war nur sein Freund geblieben? Claudia blickte sich um. Er stand ein Stückchen entfernt und unterhielt sich angeregt mit einer sehr hübschen Blondine.

Auch gut. Sie stellte sich, um niemanden zu stören, an die andere Seite der Bar und bestellte sich ein Gin-Tonic. Nach kurzer Zeit wurde ihr langweilig und sie begann ein Gespräch mit dem Barkeeper. Leider waren ihre Spanischkenntnisse sehr bescheiden, doch zum Glück sprach Manuel perfekt Deutsch.

„Wo hast du das gelernt?"

„Meine Mutter kommt aus Köln, ich bin dort aufgewachsen."

„Und dein Vater?"

„Der kommt aus Malaga. Ich bin seit zehn Jahren wieder hier, in Deutschland ist es mir zu kalt, ich liebe das Leben in Spanien. Und du? Wie lange bleibst du noch?"

„Ich bin erst gestern mit meiner Schwester angereist und wir bleiben eine Woche."

„Was für ein Glück, dass du heute schon in den Club gekommen bist!"

Er sah sie an. Seine Augen waren von einem intensiven Blau. „Das ist sicher ein Erbe seiner deutschen Mutter", dachte sie. Manuels Haut war kaffeebraun und mit seinen schwarzen, halblangen Haaren fand sie ihn äußerst attraktiv.
Obwohl er viel Arbeit hatte, lächelte er ihr wiederholt zu. Immer wenn es möglich war, setzte er das Gespräch fort und lud sie zu einem weiteren Drink ein.
Es war schon gegen fünf Uhr, als Ilse mit Hendrik an der Hand ankam.
„Ich wollte dir nur Bescheid geben, dass wir noch ein wenig zum Strand spazieren. Du hast ja deinen eigenen Schlüssel. Wir sehen uns im Hotel."
„Wir wissen uns schon zu beschäftigen", grinste Manuel und Claudia errötete.
„In einer halben Stunde habe ich Dienstschluss, dann können wir noch etwas trinken gehen, wenn du möchtest!"
„Dann bist du ja gut aufgehoben", meinte ihre Schwester. „Bis später!"

Bis acht saßen sie in einem Café, frühstückten und unterhielten sich. „Sehen wir uns später am Strand?", fragte Manuel. „Ich komme so gegen drei Uhr. Wir treffen uns beim Kiosk von Pasquale, das ist der erste an der Promenade

mit der großen Terrasse. Den findest du bestimmt."
„Ja, sehr gerne."
„Ich begleite dich noch zum Hotel!"
Dort nahm er sie in seine Arme und küsste sie leidenschaftlich. „Ich freu mich, adiós!"

Ihre Schwester schnarchte leise, als sie sich ins Bett legte. Was für ein Abend! Was für ein toller Mann! Mit einem Lächeln auf den Lippen schlief sie ein.

Am frühen Nachmittag machten sie sich auf den Weg zum Strand.
„Wie war dein Spaziergang gestern?", fragte Claudia. „Hendrik scheint ja nett zu sein."
„Ja, das ist er. Sogar sehr nett. Und dein Manuel?"
„Wir treffen uns später beim Kiosk. Ich finde ihn echt super." Ihre Augen leuchteten.

Kurz vor fünfzehn Uhr trafen sie am vereinbarten Ort ein. Manuel stand schon an der Bar und unterhielt sich mit zwei jungen Frauen auf Spanisch. Claudia stellte sich neben ihn und blickte ihn erwartungsvoll an: „Hi."
Er antwortete mit: „Hola", und wandte sich wieder seiner Nachbarin zu. Claudia war verunsichert. Als Ilse sie fragend ansah, zuckte sie mit den Schultern.

„Zwei Lemon-Soda, bitte", bestellte sie und bemühte sich, gelassen zu wirken.
Als sich die beiden Spanierinnen verabschiedet hatten, versuchte sie es noch einmal: „Wie geht es dir?"
Sie erntete lediglich ein: „Gut. Und dir?"
Er blickte sie nur kurz an. Was für ein Unterschied zu gestern. Zweifel machten sich in ihr breit. „Manuel", begann Claudia, „ich..."
Er unterbrach sie. „Sorry, ich bin nicht Manuel. Ich bin Javier!"
Sie blickte ihn ungläubig an und errötete heftig. Wie konnte ihr das nur passieren? Er lachte laut.
„Wir werden oft verwechselt. Manuel kommt bestimmt bald!"
Zehn Minuten später eilte er auf sie zu. „Hola, mi amor. Sorry, ich bin zu spät!"
Er legte den Arm um sie und küsste sie intensiv. Erleichtert erwiderte Claudia seinen Kuss.

An diesem Abend war Manuels Dienst schon früher beendet und Claudia ging mit ihm in sein Appartement. Es war sehr klein, laut und stickig. Aber das war ihr alles egal. Hauptsache, sie waren allein. Ohne große Umstände landeten sie im Bett.
Frühmorgens verabschiedete sie sich und kehrte ins Hotel zu ihrer Schwester zurück.

Von nun an trafen sie sich täglich nachmittags am Strand. Gegen Abend trennten sich ihre Wege, ab Mitternacht war Claudia im Club. Gelegentlich waren auch Ilse und Hendrik dabei, manchmal wartete sie allein, bis Manuel Feierabend hatte. Hin und wieder besuchten sie anschließend noch eine Bar oder trafen einige seiner Freunde. Meistens war es dann schon früher Morgen, wenn sie ins Appartement kamen. Sie liebten sich jedes Mal leidenschaftlich, egal, wie spät es auch war.
Claudia hatte sich Hals über Kopf in Manuel verliebt. Die Woche verging viel zu schnell. Am Tag des Rückflugs war sie todtraurig und schluchzte den gesamten Weg zum Flughafen.
„Ich will gar nicht zurück, am liebsten würde ich hierbleiben!"
Ilse gelang es nicht, sie zu trösten. Zu groß war der Kummer.
Auch während der nächsten Wochen schwelgte sie nur in Erinnerungen und litt unsäglich. Sie vermisste Manuel und die heißen Nächte mit ihm. Als es ihr zu viel wurde, marschierte sie wieder ins Reisebüro und buchte den nächstmöglichen Flug nach Malaga.

„Du bist tatsächlich noch ein zweites Mal dorthin geflogen?"
„Sogar ein drittes Mal", lachte Claudia, „alles in einem Sommer. Im September hatte Manuel

dann verschiedene Probleme, wohl auch finanzielle. Genau weiß ich das nicht mehr. Jedenfalls verhielt er sich zum Schluss ziemlich eigenartig, was mir den Abschied doch etwas erleichtert hat. Aber ich habe ihn nie vergessen. Es war der aufregendste Sommer meines Lebens, und Manuel der beste Liebhaber ever!“

„Jetzt bleibst nur mehr du übrig, Julia“, rief Elisabeth.
„Aber wir brauchen unbedingt noch etwas zu trinken. Hast du noch eine Flasche Prosecco?“, fragte Barbara.
„Natürlich!“ Julia holte sie und schenkte allen nach.
„Also, meine Geschichte hat sich im Winterurlaub abgespielt“, begann sie …

Der letzte Abend

Julia stand am Gipfel und sah sich um. Der Blick auf die Berge war gigantisch. Ein tiefblauer Himmel spannte sich über die Landschaft, der Schnee glitzerte in der Märzsonne. Es war ein perfekter Schitag. Tief sog sie die klare Bergluft ein und ein Glücksgefühl breitete sich aus. Was für ein Unterschied zum Winter in der Großstadt!
Dieses Jahr hatte der Wettergott es wirklich gut gemeint. In der Nacht davor hatte es noch zehn Zentimeter geschneit, insgesamt gab es mittlerweile bestimmt zwei Meter Schnee. Und seit sie angekommen waren, schien den ganzen Tag die Sonne.
Mit ihrer Single-Freundin Evelyn war sie bereits zum fünften Mal zur ‚Party-Woche' im Club auf dem Nassfeld. Zu diesem Event kamen auch viele Alleinreisende, einige kannten sie schon von den Jahren davor und es gab immer große Wiedersehensfreude. So auch in diesem Jahr. Die Männerrunde aus Berlin hatten sie schon begrüßt und auch das nette Pärchen aus Bonn war wieder da.

Sie fanden den Club für ihre Ansprüche einfach perfekt. Er lag direkt an der Piste, das Essen war hervorragend und das Programm ebenso. Hier war alles inklusive, das heißt, sie mussten

sich um nichts kümmern. Abends gab es ein Unterhaltungsprogramm im Theater und anschließend Musik ‚am Schachbrett', so hieß die Tanzfläche.
Julia hatte einen sehr anstrengenden Job und bei dieser Art von Urlaub, wo sie an nichts denken musste, konnte sie sich am besten erholen.
In den letzten Jahren fuhren sie mit dem gleichen Schilehrer, immer in der Gruppe drei. Da war das Tempo etwas gemütlicher, die schnellere Gruppe zwei war ihnen inzwischen zu anstrengend geworden. Die Freude am Fahren und der Spaß in der Gruppe standen im Vordergrund.

Am ersten Abend waren sie, müde von der Anreise, früher ins Bett gegangen. Am Vorabend jedoch landeten sie bereits mit einigen Männern aus der Berliner-Runde in der ‚Kesn'. Das war die Disco im Keller. Sie öffnete erst, wenn die Bar um circa ein Uhr schloss.
„Wir müssen unbedingt auf unser Wiedersehen anstoßen!", rief Udo und bestellte gleich eine Runde Schnaps. „Auf uns - und eine schöne Urlaubswoche!"
„Prost!", riefen alle durcheinander. Sie unterhielten sich, lachten und hatten viel Spaß. Als das Lied ‚I will survive' ertönte, war Julia

nicht mehr zu halten und packte ihre Freundin am Arm. „Komm, wir gehen tanzen!“
Als der DJ etwas später ein langsameres Lied spielte, kam ein großer, schlanker Typ auf Julia zu und forderte sie zum Tanz auf.
Irgendwie kam er ihr bekannt vor, aber sie konnte sich nicht erinnern, schon mit ihm gesprochen zu haben. Er deutete ihren Blick richtig.
„Ich bin Kalle“, meinte er, „wir fahren doch in der gleichen Schigruppe!“
„Ach, du meine Güte“, lachte Julia, „mit Brille und Helm seht ihr alle gleich aus, ich habe dich jetzt gar nicht erkannt!“
„Ich schon, ich finde dich nämlich sehr sympathisch und beobachte dich schon den ganzen Abend. Bist du mit deinem Freund hier?“, fragte er sehr direkt.
Julia musterte ihn. Was sie sah, gefiel ihr. Sie lächelte.
„Nein, ich bin Single und mit meiner Freundin hier. Und du?“
„Ich bin verheiratet. Und mit meinem Freund da. Ich habe den Cluburlaub zu meinem vierzigsten Geburtstag geschenkt bekommen.“
„Kalle ist ein eigenartiger Name, den habe ich noch nie gehört.“
„Das ist die skandinavische Form von Karl“, antwortete er, blickte ihr tief in die Augen und

schloss sie fester in seine Arme. Sie tanzten wortlos weiter.

„Es ist schon spät, es wird Zeit für mich zu gehen", sagte Julia nach einer Weile.
„Ich begleite dich", meinte Kalle und nahm sie an der Hand. Vor der Zimmertüre küssten sie sich ausgiebig.
„Bis morgen, schlaf gut!"
Kurze Zeit später kam auch Evelyn ins Zimmer.
„Na, wer war denn der Typ, mit dem du getanzt hast?", fragte sie.
„Kalle, er fährt mit uns in der Schigruppe, ich habe ihn zuerst gar nicht erkannt."
„Gefällt er dir?"
„Ja, kann man wohl sagen", grinste Julia, „aber die Woche hat erst begonnen, wer weiß, was noch alles passiert..."

Während des nächsten Tages wich Kalle nicht von ihrer Seite. Er war sehr aufmerksam, half, als sie stürzte und stand in der Schihütte neben ihr. Wann immer es möglich war, unterhielten sie sich. Als sie sich etwas abseits der Gruppe aufhielten, nahm er sie in die Arme und küsste sie. „Heute ist mein letzter Tag, morgen fahren wir wieder nach Hause."
Julia erschrak. „Wieso?"
„Wir sind nur für drei Tage hier, leider.", antwortete Kalle.

Nach dem Abendessen trafen sie sich mit den anderen an der Bar. Wieder wurde viel getanzt, getrunken, gelacht und geflirtet. Gegen Mitternacht machte sich Evelyn auf den Weg zum Zimmer. „Ich bin müde, ich gehe schon schlafen.“
„Bleibst du noch, Julia?“, fragte Kalle und blickte sie erwartungsvoll an.
„Sicher, einen Absacker können wir noch trinken“, antwortete Julia und freute sich, als sie seine Augen aufleuchten sah.

Als sie später engumschlungen tanzten, flüsterte er ihr ins Ohr: „Am liebsten würde ich mit dir allein sein. Wie siehst du das?“
„Ich bin der gleichen Meinung wie du“, antwortete Julia.
„Aber zu mir ins Zimmer können wir nicht, Evelyn ist schon dort. Und wie sieht es bei dir aus?“
„Auch Fehlanzeige. Mein Freund ist bereits vor zwölf Uhr schlafen gegangen.“
„Das ist echt schade, vor allem, weil du morgen schon abreist“, bedauerte sie.
„Ich gehe zur Rezeption. Vielleicht haben sie noch ein Zimmer frei“, meinte Kalle. „Ich bin gleich wieder da.“
Kurze Zeit später kam er zurück. „Leider ist jedes Zimmer belegt, speziell in der Party-Woche gibt es ja so viele Einzelreisende. Aber

wir haben eine Lösung gefunden, einem ordentlichen Trinkgeld kann kein Rezeptionist widerstehen", grinste er. „Komm mit", er nahm sie an der Hand und marschierte los.
„Wo gehen wir denn hin?"
„Verrate ich nicht!"
Julia schmunzelte. „Mach doch nicht so ein Geheimnis daraus."
Er lotste sie ins Erdgeschoß Richtung Schwimmbad. „Ich habe den Schlüssel für den Wellnessbereich", frohlockte Kalle und schloss die Tür auf. „Ist das nicht super?"
Es wurden sehr leidenschaftliche Stunden. „Du warst mein schönstes Geburtstagsgeschenk", zum Abschied umarmte er sie innig. „Ich werde diesen Urlaub nie vergessen. Du weißt, ich bin verheiratet und deswegen ist es besser, wenn es keine Wiederholung gibt!"
„Ich weiß", antwortete Julia. „Und es ist gut so, wie es ist!"

Julia seufzte tief. „Das war mein einziger One-Night-Stand in meinem bisherigen Leben. Und ich habe keine einzige Minute davon bereut."

„Was für Geschichten!", rief Elisabeth. „Mit fünfzig kann ich nur sagen: Carpe diem. Alles kommt und geht - was bleibt, sind die Erinnerungen! Prost, Mädels!"

Erstens kommt es anders, zweitens als man denkt …

Christina stand in der Küche und war mit der Zubereitung des Nudelsalates beschäftigt, den ihre Tochter so sehr liebte. Dazu gab es eine feine Käseplatte, Antipasti, diverse Aufstriche und als Dessert hatte sie eine Mousse au Chocolat vorgesehen. Sie blickte auf die Uhr, sicher würde Lena gleich auftauchen. Da sie beide Single waren, hatten Mutter und Tochter beschlossen, den Silvesterabend gemeinsam zu verbringen.

Es läutete an der Tür. Gerade war sie mit ihren Vorbereitungen fertig geworden, der Tisch war festlich gedeckt und zwei Flaschen Sekt waren eingekühlt.

„Hallo Mami, wie geht es dir?"

Lena stürmte herein und umarmte ihre Mutter. Sie lebte und studierte in Wien, deshalb freute sich Christina besonders, wenn sie ihre einzige Tochter für sich hatte.

„Danke, ich bin froh, ein paar Tage Urlaub zu haben. Und ich freu mich so, dass du hier bist, gerade heute allein zu sein, würde mich echt frustrieren."

Sie genossen das Essen und plauderten angeregt. Lena hatte viel zu erzählen und anschließend holte sie die Würfel.
„Komm Mami, eine Runde musst du mit mir pokern, so wie früher!“
Die Zeit verging sehr rasch, sie öffneten bereits die zweite Sektflasche, als Lena fragte: „Und was tut sich bei dir in Bezug auf Männer? Hast du jemanden kennengelernt?“
„Aber Lena, wo denn bitte? Ich bin die meiste Zeit zu Hause, der Beruf fordert mich so, dass ich am Abend zu müde bin, noch großartig etwas zu unternehmen. Gelegentlich gehe ich mit Freundinnen essen oder einmal ins Kino und beim Wandern ist mir auch noch kein Prinz begegnet“, lachte sie.
„Du musst etwas unternehmen, melde dich doch auf einer Dating-Plattform an, das machen alle. Ich habe schon so viel Positives gehört“, ermunterte sie ihre Tochter.
„Ich und Internet, du weißt genau, wie ich dazu stehe. Ich kann so etwas nicht“, wehrte sie ab.
„Gut, Mami, dann machen wir das jetzt gemeinsam, so kann es nicht weitergehen. Du bist so eine wunderbare Frau und du kannst doch nicht den Rest deines Lebens allein bleiben. Ich mache mir richtig Sorgen um dich. Heute ist der optimale Tag, wir legen jetzt gleich ein Profil für dich an.“

Sie nahm Christinas Handy, lud ihr eine App herunter und gemeinsam formulierten sie folgenden Text:

Ich bin sportlich und unkompliziert, lache gerne, bin geschieden und habe eine erwachsene Tochter. Du solltest eine Leidenschaft fürs Wandern besitzen, Schi fahren können und die Natur lieben, eine positive Lebenseinstellung haben und an einer festen Beziehung interessiert sein.

„So, und jetzt suchen wir noch ein paar passende Fotos."
Lena blätterte in ihrer Galerie.
„Das finde ich super, das nehmen wir auch – und dieses hier. So, und jetzt machen wir noch ein schönes Portrait von dir! Hochladen – und fertig."
Zufrieden legte sie das Handy beiseite und füllte die Gläser, denn es war schon zehn Minuten vor Mitternacht. Christina schaltete den Fernseher ein, gemeinsam warteten sie auf den Countdown. Als die Pummerin läutete, umarmten sie sich innig.
„Prost, auf ein gesundes, schönes neues Jahr!"
„Und darauf, dass wir großartige Männer kennenlernen", ergänzte Lena, nahm ihre Mutter, drehte den Ton lauter und tanzte mit ihr einen schwungvollen Walzer durch die

Wohnung. Außer Puste setzten sie sich wieder, tranken einen Schluck und Lena nahm das Handy zur Hand.
„Jetzt kannst du dir Männer ansehen, Mami. Wenn dich einer interessiert, dann wischst du nach rechts, ansonsten nach links. Und wenn dich der Typ auch gut findet, dann habt ihr ein Match und könnt euch schreiben“, klärte sie ihre Mutter auf.
Den restlichen Abend waren sie damit beschäftigt, sich Profile anzusehen, sie hatten jede Menge Spaß dabei und es gab auch einige Übereinstimmungen.
„Heute schreibe ich niemandem mehr, jetzt ist es schon spät“, gähnte Christina.
„Morgen ist auch noch ein Tag. Gute Nacht, meine Liebe.“

Am darauffolgenden Tag frühstückten sie ausgiebig. Dann brach Lena auf, denn sie wollte für einige Tage ihren Vater besuchen. Es war ihnen gelungen, trotz früher Scheidung ein gutes Verhältnis zueinander aufzubauen, Christina war darüber sehr froh.
Als die Tür ins Schloss fiel, nahm sie ihr Handy zur Hand und loggte sich ein, sie wollte sehen, was sich seit dem Vorabend getan hatte. Da waren aber schon viele Anfragen eingegangen. Sie scrollte weiter.

„Der hier klingt sehr interessant“, dachte sie und ihr gefielen auch seine Bilder. Christina antwortete Peter, sie schrieben einander im Laufe des Tages einige Male und verabredeten sich für den übernächsten.

„Das ist ja super Mami, der sieht sehr nett aus. Um wieviel Uhr trefft ihr euch? Bitte, du musst mir aber nach einer Stunde Bescheid geben, ob alles passt. Man weiß nie, was für komische Leute da unterwegs sind. Versprochen?“, bat sie Lena, nachdem Christina von ihrem Date erzählt hatte.

Am Donnerstag um 18 Uhr machte sie sich auf den Weg in die Stadt. Sie war etwas unschlüssig, was sie anziehen sollte, entschied sich aber, bei ihrem sportlichen Stil zu bleiben, also Jeans, dazu eine etwas feinere Bluse statt ihres üblichen Shirts, ihre helle Lederjacke und flache Schuhe. Ihre blonden Haare trug sie offen. Ihre großen blauen Augen betonte sie mit Lidschatten und viel Wimperntusche, dafür nahm sie für die Lippen lediglich ein farbloses Gloss. Sie blickte in den Spiegel - perfekt, sie war mit sich zufrieden.

Als sie das Lokal betrat, war Peter bereits da. Sie erkannte ihn auch sofort, denn seine Fotos waren aktuell gewesen. Er war zuvorkommend,

hatte eine angenehme Stimme und auch sein Äußeres gefiel ihr sehr gut. Sie stellten bald fest, dass sie noch zusätzliche Gemeinsamkeiten besaßen, wie zum Beispiel das Interesse am Motorradfahren und Reisen. Sie hatten auch einen ähnlichen Sinn für Humor, was für Christina äußerst wichtig war. Sie unterhielten sich blendend, lachten auch viel.
Nach einiger Zeit wechselten sie das Lokal, da sie Hunger bekommen hatten. Nach einem vorzüglichen Essen und einigen Gläsern Wein landeten sie schließlich in einem Nachtlokal. Erst gegen drei Uhr morgens verabschiedeten sie sich und Christina stieg ein wenig angeheitert und beschwingt ins Taxi. Dort nahm sie ihr Handy zur Hand.
„Oh, mein Gott“, rief sie erschrocken aus, denn ihre Tochter hatte sie bereits sechsmal angerufen.
Christina hatte es auf lautlos gestellt und einfach total drauf vergessen, dass sie versprochen hatte, ihr Bescheid zu geben. Schnell schrieb sie noch eine SMS, entschuldigte sich und versicherte ihr, dass es ihr gut ginge und sie jetzt auf dem Nachhauseweg sei.

Am nächsten Tag erkundigte sich Peter gegen Mittag über ihr Befinden und sie verabredeten sich wieder für den Abend. Als sie auflegte, rief

sie gleich Lena an, denn sie hatte doch ein schlechtes Gewissen. Ihre Tochter war aber nicht nachtragend und nur heilfroh, dass alles in Ordnung war. Sie fragte sie über jedes Detail aus, bis Christina stöhnte:
„Das ist ja wie ein Verhör. Lass mich ihn erst einmal in Ruhe kennenlernen, du weißt, dass ich immer Zeit brauche und mich nicht einfach so Hals über Kopf verliebe."

Diese Zeit gab ihr Peter auch. Er umwarb sie, schenkte ihr Blumen und organisierte gemeinsame Unternehmungen. An einem Wochenende war es eine Schneeschuhwanderung mit einem Bergfrühstück, ein anderes Mal reservierte er einen Tisch für ein romantisches Dinner in einem neuen Lokal, das sie gerne kennenlernen wollte.
Ende Januar waren sie zur Sauna verabredet und Christina wartete darauf, dass Peter sie abholen würde. Es wurde immer später, aber er tauchte nicht auf und auch auf seinem Handy erreichte sie ihn nicht.
Sie begann sich Sorgen zu machen, denn das entsprach so gar nicht seinem Naturell. Ein paar Stunden später rief Lena sie aufgeregt an:
„Mami, Peter hatte einen schweren Autounfall. Seine Schwester hat mich auf Facebook ausfindig gemacht und gebeten, dass ich es dir

sage. Er liegt in Klagenfurt auf der Intensivstation.“

Als Christina im Spital ankam, wurde sie schon von seiner Familie erwartet, die kurz zuvor aus der Steiermark angereist war. Peters Schwester wusste, dass es eine neue Frau in seinem Leben gab, hatte Lena ausfindig gemacht, sie angeschrieben und gefragt, ob ihre Mutter Christina heiße. Jetzt lernte Christina unter diesen furchtbaren Umständen gleich die gesamte Familie kennen.
Peters Zustand war sehr kritisch, er wurde wiederbelebt, da er mit dem Kopf auf den Asphalt geprallt war und dabei schwerste Verletzungen erlitten hatte. Vierzehn Tage schwebte er zwischen Leben und Tod und da seine Angehörigen so weit entfernt wohnten, wurde sie als neue Freundin zur Bezugsperson erklärt.
Christina wusste nicht, wie ihr geschah. Sie war in diese Situation hineingerutscht und hielt sich von nun an jeden Tag im Krankenhaus auf. Als Peter aus dem künstlichen Koma aufwachte, erkannte er sie gar nicht mehr. Er konnte sich an vieles, was vor dem Unfall passiert war, nicht erinnern. Das machte die Lage noch skurriler. Einerseits fühlte sie sich überfordert, andererseits auch verpflichtet, obwohl sie sich ja gerade erst kennengelernt hatten.

„Mami, das ist zu viel für dich. Du bist doch nicht seine Partnerin und du bist auch nicht verantwortlich. Wer weiß, wie das weitergeht und welche Konsequenzen alles für dich hat. Ich mache mir Sorgen um dich!"
Und Lena war nicht die Einzige, die das so sah. Auch Christinas Freundinnen redeten ihr ins Gewissen, als sie sahen, wie sehr sie das alles mitnahm und welche Verpflichtungen sie da eingegangen war.

Als Peter Wochen später entlassen wurde, war sie stets an seiner Seite. Sie besuchte ihn in der Reha und hoffte, dass sich alles zum Besseren wenden würde. Körperlich erholte er sich auch gut und machte große Fortschritte, allerdings hatte er als Folge seines Schädel-Hirn-Traumas immer wieder mentale Ausfälle. Was Christina aber am meisten zu schaffen machte, war die Tatsache, dass er sich intensiv an sie klammerte und auch extrem eifersüchtig war.

Einige Zeit später, als er wieder arbeiten gehen konnte, stabilisierte sich die Lage etwas, aber die Beziehung wurde für Christina immer anstrengender. Sie wusste nicht genau, ob Peter früher schon so unberechenbar und besitzergreifend gewesen war oder ob das alles eine Folge der Umstände war. Diese Unsicherheit verstörte sie und da sie nicht mehr ein noch aus

wusste, suchte sie ein Gespräch mit seiner Schwester.
„Doris, es ist alles so schwierig für mich. Du weißt, dass ich Peter erst kurz vor seinem Unfall begegnet bin. Ich kenne ihn gar nicht wirklich. So wie er sich jetzt verhält, halte ich das nicht mehr lange aus. Er tut mir leid, aber das letzte Jahr war für mich total anstrengend und du bist die Einzige, die ich fragen kann. Wie war er früher, hat sich seine Persönlichkeit verändert? Die Ärzte sagen, dass das durchaus möglich wäre."
„Christina, ich schätze sehr, was du für Peter getan hast und immer noch machst. Ich verstehe dich sehr gut", antwortete sie, „leider muss ich dir sagen, dass er auch schon früher einen schwierigen Charakter hatte und einige Sachen gemacht hat, mit denen ich gar nicht einverstanden gewesen bin. Dabei weiß ich über viele Dinge gar nicht Bescheid. Auf alle Fälle gab es auch in früheren Beziehungen oft Streit und von einer Ex-Freundin weiß ich definitiv, dass sie sich von ihm getrennt hat, weil sie sein Besitzdenken nicht mehr ertragen konnte."
Christina schluckte: „Vielen Dank, Doris, dass du so offen zu mir bist, das hilft mir sehr."

Nach diesem Gespräch beobachtete sie Peter genauer. Eines Tages musste sie zu ihrem

Entsetzen feststellen, dass er ihre Kreditkarte für eigene Einkäufe verwendet hatte. Als sie ihn zur Rede stellte, antwortete er, dass er sich an nichts mehr erinnern könne.
„Aber ich kann so nicht weitermachen, ich werde dich verlassen."
Christina war am Ende ihrer Kräfte.
„Wenn du das machst, dann bringe ich mich um, wie soll ich ohne dich leben?", drohte ihr Peter zum wiederholten Male.

Als sie sich aber davon nicht mehr beeindrucken ließ, versuchte er es mit dem Gegenteil. Er schickte ihr einen riesigen Strauß roter Rosen in ihr Büro und überschüttete sie mit Liebesbezeugungen. Christina ließ sich überreden, es noch einmal zu versuchen, denn sie hatte Angst, schuld zu sein, wenn er sich tatsächlich etwas antun sollte.

Einige Zeit später, als wieder Geld von ihrem Konto fehlte, zog sie aber den endgültigen Schlussstrich und forderte ihren Haustorschlüssel zurück. Das hatte allerdings zur Folge, dass Peter mit richtigem Psychoterror begann.
Er spionierte hinter ihr her, rief sie zu jeder Tages- und Nachtzeit an und schickte Fotos von ihrem Auto, als Beweis, dass er wusste, wo sie gewesen war. Er lauerte ihr sowohl im Büro als

auch vor ihrer Wohnung auf, kontaktierte ihre Mutter und Freundinnen und weigerte sich, ihr den Schlüssel auszuhändigen. Erst als Christina drohte, ihn wegen Stalkings anzuzeigen, stellte er langsam seine Aktivitäten ein.

Christina war völlig mit ihren Nerven am Ende und es dauerte geraume Zeit, bis sie sich wieder erholt hatte. Lena kümmerte sich liebevoll um ihre Mutter, kam öfter zu Besuch und konnte verstehen, dass diese ihr jetziges Alleinsein genoss.

„So frei und unbeschwert habe ich mich schon lange nicht mehr gefühlt. Besser ein eigenständiges, freudvolles Singleleben als eine Beziehung, wo ich mich ständig verbiegen muss wie bei deinem Vater oder wo ich in meiner Freiheit so eingeschränkt werde wie bei Peter. So schnell kommt mir kein Mann mehr ins Haus - und wenn ich den Rest meines Lebens allein bleibe!“, sagte sie bestimmt.

„Na ja, das wird schon nicht passieren“, antwortete Lena, „du weißt ja, erstens kommt es anders, zweitens als man denkt.“

Ein paar Wochen später rief Lena ihre Mutter an. Sie hatte einen neuen Freund, er hieß Tom und sie war sehr glücklich mit ihm.

„Mami, wir möchten Anfang Juli eine Woche Urlaub in Kärnten verbringen, bei der Gelegen-

heit kannst du ihn gleich kennenlernen. Passt dir das?", fragte sie ihre Mutter. „Natürlich, ich freue mich, wenn ihr kommt. Dann können wir gemeinsam einiges unternehmen."
So geschah es auch, sie machten schöne Bergtouren, besuchten verschiedene Seen, gingen gut essen und hatten gemeinsam viel Spaß.

An ihrem vorletzten Urlaubstag stand ein Ausflug zur Burgruine Finkenstein auf dem Programm und auf dem Nachhauseweg bemerkte Christina, dass in einem der Reifen ihres Autos wenig Luft war.
„Mami, fahr doch zur Tankstelle und lass nachschauen", drängte Lena.
„Nein, das mache ich morgen, jetzt sind wir schon fast zu Hause", antwortete sie.
„Wirklich Mami, was erledigt ist, ist erledigt", beharrte ihre Tochter darauf.
„Na gut, wenn du meinst!"
Sie wendete und fuhr zur nächstgelegenen Tankstelle.

Dort war viel los, fast alle Parkplätze waren belegt und sie war froh, als sie noch einen freien erspähte. Als sie ihn anvisierte, kam von rechts ein roter, schnittiger Wagen und nahm ihn ihr weg. Christina ärgerte sich: „Typisch Mann! Glaubt wohl, er könne sich alles erlauben."

Sie fand auf der gegenüberliegenden Seite dann doch noch einen anderen, stieg aus und stellte sich in die Schlange vor der Kassa.
„Ich habe zu wenig Luft im Reifen, können Sie mir behilflich sein oder jemanden schicken?“, fragte sie die Dame, als sie an der Reihe war.
„Nein“, antwortete diese kurz angebunden.
Christina war verdutzt ob dieser schroffen Aussage, wandte sich an den Mann hinter ihr und sprach ihn, leicht genervt, an: „Ich kenne mich nicht aus. Könnten Sie mir vielleicht helfen?“
Dieser blickte sie an und erwiderte: „Ja klar, wenn ich gezahlt habe, komme ich zu Ihnen und sehe mir das an.“
Erleichtert ging Christina zum Auto und sagte zu Lena und Tom: „Super, ich habe einfach einen Typen dort drinnen gefragt. Er kommt gleich und hilft uns.“

Einige Minuten später kam der Mann auf sie zu, sah sich den Reifen an und meinte leicht vorwurfsvoll: „Sie haben einen Platten. Haben Sie das nicht gemerkt?“
„Oh mein Gott, nein, habe ich nicht.“
„Dann muss ich den Reifen wohl wechseln. Wo ist Ihr Wagenheber?“
„Ich habe keinen, glaub ich“, antwortete Christina verzagt.

„Das kann nicht sein, in jedem Auto befindet sich ein Wagenheber“, widersprach er ihr, öffnete den Kofferraum und musste feststellen, dass sie die Wahrheit gesagt hatte.
„Na gut, dann muss ich wohl meinen nehmen“, meinte er und marschierte zu seinem Auto.
Christina sah ihm hinterher. Er ging ausgerechnet zu dem roten Flitzer, der ihr vorhin den Parkplatz weggenommen hatte!
„Was für ein hilfsbereiter, freundlicher Typ“, meinte Lena mit einem Augenzwinkern. „Komm, Tom! Wir lassen Mami einmal ein wenig mit ihm allein.“

Als er mit dem Wagenheber zurückkam und fachmännisch zu werken begann, fragte sie frech: „Sind Sie vom Fach?“
„Nein, ein richtiger Mann kann so etwas“, entgegnete er und grinste sie an.
Er sah wirklich unverschämt gut aus, braungebrannt, mit einem Dreitagebart und grau melierten Haaren, die in alle Richtungen abstanden und ihm ein verwegenes Aussehen verliehen.
„Übrigens, ich bin Roland und stehe jederzeit gerne zu Diensten“, flachste er.
„Ich bin Christina. Und ich genieße gerade den Anblick, dass ein Mann vor mir kniet“, konterte sie.

In diesem Ton ging das Geplänkel weiter, beide waren sehr schlagfertig. Sie lachten viel und blieben dem anderen nichts schuldig. Als er fertig war und sich die Hände abwischte, sagte Christina: „Jetzt stehe ich in deiner Schuld. Wie kann ich das wieder gutmachen?“
„Indem du mich auf einen Kaffee oder ein Glas Wein einlädst.“
Er zog eine Visitenkarte aus seiner Brieftasche: „Aber das Lokal suche ich aus“, fügte er hinzu und grinste.
„Einverstanden. Danke noch einmal, ich melde mich!“

Als Roland zu seinem Wagen ging, kamen Lena und Tom, die aus der Nähe die letzten Minuten beobachtet hatten, auf sie zu.
„Na, Mami, da hat es wohl geknistert? Das war sogar auf die Entfernung zu spüren“, lächelte Lena leicht süffisant. „Zeig mir seine Karte, den müssen wir gleich googeln.“

Zwei Tage später rief Christina ihn an. Die Recherche im Netz hatte leider nichts zutage gebracht. Nachdem sie 18 Uhr für ihr Treffen in einem bekannten Villacher Lokal ausgemacht hatten, stieg ihre Spannung.
„Geschmack hat er“, dachte sie und gleich darauf überlegte sie: „Was soll ich denn nur anziehen?“

Sie gab sich sehr viel Mühe mit ihrem Outfit und sah in dem roten Kleid mit den hohen Pumps und ihrer schwarzen Lederjacke umwerfend aus.

Roland fand das anscheinend auch, denn er machte ihr sofort ein Kompliment. Er hatte vor dem Lokal auf sie gewartet, beim Eintreten hielt er ihr die Türe auf, ging voraus zum reservierten Tisch und rückte ihr den Stuhl zurecht.
„Wie aufmerksam von ihm“, dachte Christina. Sie hatte ein Faible für Kavaliere der alten Schule.
Mit der gleichen Lockerheit wie vor zwei Tagen begann er ein Gespräch. Allmählich legte sich ihre Aufregung, sie wurde ruhiger und beobachtete ihn.
Er hatte eine tiefe, angenehme Stimme, seine warmen, braunen Augen funkelten und seine gepflegten, kräftigen Hände unterstrichen mit passender Gestik seine Ausführungen. Ihr gefiel einfach alles an ihm, die Stimmung war harmonisch und es herrschte eine gewisse Vertrautheit zwischen ihnen. Roland erzählte viel aus seinem Leben und Christina befand sich, entgegen ihrer sonstigen Art, in der Rolle der Zuhörerin. Die Zeit verging wie im Flug und es tat ihr leid, dass es bereits Mitternacht - und somit Sperrstunde - war.

„Ich weiß nicht warum, aber normalerweise bin ich gar kein so offener Typ, der gleich beim ersten Date viel von sich preisgibt“, wunderte er sich. Von dir hingegen weiß ich noch viel zu wenig, das müssen wir unbedingt nachholen. Passt dir morgen Abend? Ich würde gerne für dich kochen.“
Als sie zustimmte und er seine Adresse nannte, staunten sie, denn er wohnte gerade einmal drei Straßen von ihr entfernt.
„Wenn das kein Zeichen ist“, dachte Christina.

Am nächsten Abend wurde sie verwöhnt. Roland hatte sich große Mühe gegeben, den Tisch festlich gedeckt, Blumen standen in einer Vase und beim Essen hatte er genau ihren Geschmack getroffen. Es gab Antipasti und Roastbeef als Vorspeise, gefolgt von einem Thunfisch-Steak mit selbstgeschnipseltem Gemüse und als Nachtisch folgte ein köstliches Zitronensorbet. Dazu servierte er passende Getränke, denn er war nicht nur ein großartiger Koch, sondern auch ein Weinkenner.
So entspannt hatte sich Christina schon eine Ewigkeit nicht mehr gefühlt und da fiel es ihr auch leichter, mehr über ihr Leben zu erzählen, obwohl sie die Geschichte ihrer letzten Beziehung noch lieber für sich behielt. Die Andeutung, dass es ein richtiges Drama gewesen war, genügte, dass Roland ihre Hand

nahm, ihr tief in die Augen blickte und sagte: „Mir ist es ein großes Bedürfnis, dass es dir und mir gut geht, und wir wollen auf keinen Fall etwas übers Knie brechen."

In den nächsten Tagen telefonierten sie häufig und trafen sich auch mehrmals, um etwas gemeinsam zu unternehmen.

„Nächste Woche mache ich mit meinen Freunden eine Motorradtour. Es tut mir leid, aber das haben wir schon lange geplant, obwohl ich am liebsten hier bei dir bleiben würde", sagte Roland und nahm sie in die Arme.

„Ich glaube, ich werde dich sehr vermissen", fügte er hinzu, drückte sie an sich und gab ihr einen zärtlichen Kuss.

„Ich fürchte fast, ich auch", schmunzelte Christina.

„Und Mami, wie steht es mit euch zwei?", fragte Lena am Abend, als sie telefonierten.

„Wir hatten einige sehr schöne Abende, Roland ist wirklich ein toller Mann und ich glaube, ich bin auf dem Weg, mich zu verlieben. Im Moment ist er gerade mit seinen Kumpels in Kroatien unterwegs, er bedrängt mich nicht, und das ist gut so. Ich bin vorsichtig, ich möchte mich nicht Hals über Kopf in etwas hineinstürzen", erwiderte sie.

Die Woche verging ausgesprochen langsam für Christina und sie ertappte sich dabei, dass sie ziemlich häufig an Roland dachte. Dieser meldete sich beinahe täglich, schickte ihr Fotos und betonte, wie sehr sie ihm fehle. Endlich war es Samstag. Am Abend waren sie zum Essen verabredet.

Sie fieberte dem Wiedersehen entgegen und als er sie abholte und in die Arme nahm, stand für sie die Welt einen Moment lang still. Innig erwiderte sie seine Küsse.
Nach einer gefühlten Ewigkeit neckte er sie: „Komm! Du wirst mich doch nicht verhungern lassen."
Sie lachte, hakte sich bei ihm unter und sie spazierten plaudernd den kurzen Weg zum Restaurant. Roland erzählte während des Essens von der Tour, wo sie überall gewesen waren, und wollte auch wissen, wie es ihr in seiner Abwesenheit ergangen war.
Nach dem Espresso fragte er sie erwartungsvoll: „Möchtest du noch auf einen ‚Absacker' zu mir kommen?"
Christina blickte ihm lange in die Augen: „Ja, sehr gerne."

Es wurde ein langer Abend. Als sie am nächsten Morgen gegen zehn Uhr erwachte, war das Bett neben ihr leer, es duftete nach Kaffee.

Verschlafen rieb sie sich die Augen, zog ihr Shirt über und tappte in die Küche. Dort wartete schon ein wunderbarer Frühstückstisch auf sie und ein frisch geduschter Roland zog sie in die Arme.
„Na, mein Liebling, hast du gut geschlafen?“
Christina fühlte sich wie im siebten Himmel.
„Womit habe ich mir das verdient?“, fragte sie.
„Weil du die wunderbarste Frau bist, die ich kenne, und ich großes Glück habe, dass du mich an der Tankstelle angesprochen hast“, lachte er.

Während sie brunchten, fragte sie Roland: „Ich habe Ende August Urlaub. Wie wäre es, wenn wir diese Woche gemeinsam verbringen und nach Italien fahren würden?“
Christina blieb buchstäblich der Bissen im Mund stecken. Verschiedene Gedanken schossen ihr durch den Kopf: Jetzt schon gemeinsam auf Urlaub fahren, war das nicht ein wenig übereilt? Andererseits fühlte sie sich wohl bei ihm. Warum sollte sie das dann nicht tun? Sie hatte sowieso auch Urlaub, also wäre das kein Problem.
Laut antwortete sie: „Lass mir bitte noch ein bisschen Zeit, da muss ich erst noch drüber schlafen.“
Am nächsten Tag sprach sie mit Lena darüber.
„Mami, bitte fahr doch! Was hast du denn zu verlieren? So habt ihr die Gelegenheit, euch

besser kennenzulernen, und wenn es nicht passt, dann weißt du es wenigstens gleich."
Was hatte sie nur für eine kluge Tochter!

Der Urlaub verlief äußerst harmonisch. Als sie zurückkamen, war auch für Christina klar, dass sie eine fixe Beziehung wollte. Von nun an waren sie ein Paar, jeder behielt aber seine eigene Wohnung. Roland lebte zwar schon drei Jahre von seiner Frau getrennt, aber die Scheidung war immer noch nicht ausgesprochen. Er wusste, dass er diesbezüglich etwas unternehmen musste.

Das erste gemeinsame Jahr verging wie im Flug. Bald stand wieder die Frage nach dem Urlaub im Raum. Beide hatten viel gearbeitet und freuten sich schon sehr auf die gemeinsame Zeit. Ihre Beziehung hatte sich unglaublich vertieft, sie konnten über alles sprechen und auch wenn es Meinungsverschiedenheiten gab, fanden sie immer einen Weg, um auf Augenhöhe miteinander zu kommunizieren.
Christina wusste, dass es ein Vorteil des Alters war, nicht mehr jede Kleinigkeit auf die Waagschale zu legen. Jeder von ihnen hatte schon einiges erlebt und gerade deswegen gingen sie sehr achtsam und wertschätzend miteinander um. Ihre Liebe wuchs beständig.

Im Juli unternahmen sie mit einem befreundeten Pärchen einen einwöchigen Segeltörn in Kroatien. Christina war das erste Mal in ihrem Leben auf einem Segelboot und sie genoss jeden einzelnen Tag davon. Roland freute sich sehr, dass er seine Segel-Leidenschaft mit ihr teilen konnte und sie tauchte tief in diese neue Welt ein. Sie wurde rund um die Uhr verwöhnt, konnte sich entspannen und die neuen Eindrücke und Erlebnisse auf sich wirken lassen. Mit Klaus und Verena verstanden sie sich blendend, zu viert hatten sie viel Spaß.

Für die zweite Woche hatte Roland ein Inselhäuschen gebucht, das in einer einsamen Bucht lag und nur per Motorboot erreichbar war. Er nahm Christina in die Arme.
„Eine Woche nur wir zwei, darauf freue ich mich schon die längste Zeit. Wir werden es uns richtig gut gehen lassen.“

Gesagt, getan. Das Häuschen war ideal, es lag in einem kleinen Pinienwald und verfügte über eine große Terrasse, wo es sogar einen Griller gab. Es war entzückend eingerichtet, die Küche voll ausgestattet und im Schlafzimmer gab es ein richtiges Himmelbett.
„Wir sind im Paradies gelandet“, juchzte Christina.

Zweisamkeit pur, weit und breit gab es keine Menschenseele. Ein kleiner Weg führte an den Strand, dort gab es einen Steg ins glasklare Meer. Schon morgens schwammen sie nackt eine Runde in dem wunderbar warmen Wasser. Später bereiteten sie gemeinsam das Frühstück zu, Roland hatte den Einkauf übernommen und so fehlte es an nichts, was das Herz begehrte. Tagsüber trödelten sie, lasen viel, plauderten, und dabei ließen sie ihre Handys ausgeschaltet - nichts sollte ihr Robinson-Dasein stören. Abends kochte oder grillte Roland, zweimal fuhren sie auch mit dem Motorboot an Land, füllten ihren Proviant auf und gingen anschließend essen.
Die Nächte waren voller Leidenschaft und Zärtlichkeit und es war mit Abstand der romantischste Urlaub, den Christina je erlebt hatte.

„Heute ist schon unser letzter Tag, ich könnte noch Wochen mit dir hierbleiben, ich mag gar nicht zurück“, murmelte Christina traurig, als sie aufwachte.
„Komm her, mein Schatz“, Roland zog sie in seine Arme.
„Was wir miteinander erleben, kann uns keiner mehr nehmen. Und es wird ja nicht das letzte Mal sein“, setzte er mit einem Augenzwinkern hinzu.

„Auf, auf, wir gehen schwimmen“, lachend zerrte er sie aus dem Bett. „Noch haben wir 24 Stunden, lass uns jede davon genießen – und am Abend habe ich noch eine Überraschung für dich!“

Als sie zum Strand kamen, glitzerte etwas in der Sonne. Erstaunt sahen sie, dass es eine zirka dreißig Zentimeter große Steckmuschel mit silberner Spitze war. Welche Seltenheit, und das gerade vor ihrer Haustüre, gestern war sie noch nicht dort gelegen.
„Wow, so eine habe ich noch nie gesehen“, staunte Roland. „Leider stehen sie ja unter Naturschutz, die darf man nicht mitnehmen“, fügte er hinzu.
„Schade, die würde mir gefallen, sie wäre eine schöne Erinnerung an diesen unvergesslichen Urlaub“, bedauerte Christina.

Am späten Nachmittag zog sie ihr langes, buntes Sommerkleid an, das er an ihr so sehr liebte und sie schminkte sich sogar ein wenig. Es war ihr letzter Abend und die melancholische Stimmung vom Morgen hatte sie wieder eingeholt.
Nach dem vorzüglichen Essen kam Roland mit einer Flasche Champagner und zwei Gläsern. Er trug einen Teller, auf dem sich ein wenig Sand und eine kleine, rosa schimmernde

Muschel befand, daneben lag ein rotes Schokoladenherz.

„Dein Dessert, mein Liebling, statt der großen, zum Andenken an unseren Urlaub.“

„Wie lieb von dir“, murmelte Christina und ihre Augen schimmerten verdächtig.

„Du musst sie umdrehen“, ermunterte er sie und als sie seinen Worten folgte, entfloh ihr ein leiser Schrei. Darunter lag ein wunderbarer Ring mit einem kleinen Brillantherz.

„Möchtest du meine Frau werden?“

Roland hatte sich hingekniet und blickte sie erwartungsvoll an.

„Ich bin jetzt geschieden und ich will nie wieder ohne dich sein.“

Die Tränen, die sie vorhin noch zurückgehalten hatte, lösten sich und sie war unfähig, überhaupt etwas zu sagen.

„Ich verstehe, dass du den Anblick eines knieenden Mannes genießen möchtest. Aber bekomme ich auch eine Antwort, bevor ich gar nicht mehr aufstehen kann?“, scherzte er.

„Ja, ja, und noch einmal ja“, sie zog ihn hoch, umarmte ihn und ihre Lippen verloren sich in einem endlos langen Kuss.

Danke

Zuerst gilt mein Dank jenen Frauen, die mir ihre Geschichten erzählt haben. Ich freue mich über das Vertrauen, das Ihr mir geschenkt habt – ohne Euch gäbe es dieses Buch nicht!

Vielen lieben Dank an Mag. Sabine Knoll und Dr. Manfred Greisinger, die es mir mit ihrer „Buchschwanger-Gruppe“ ermöglicht haben, meine Vision Wirklichkeit werden zu lassen. Danke an die Gruppe für die gemeinsame Zeit und die Feedbacks. Besonders der Austausch mit meinem „Buddy“ Mia war eine große Bereicherung für mich.

Weiters ein großes Dankeschön an Mag. Martha Deinhofer für das Korrekturlesen und an Monika Schweitzer für das wunderbare Cover.

Und herzlichen Dank an meine Freundinnen, die mich während dieser Zeit unterstützt haben. Ihr habt fleißig Probe gelesen und Eure Kommentare haben mir sehr geholfen. Danke für Eure Ideen, Eure Ermunterungen und Euer Dasein. Jede Einzelne von Euch ist eine große Bereicherung für mein Leben.

Über die Autorin

Ingrid Dorfmeister, 1959 in Kärnten geboren, lebt in Wien. Mit 48 Jahren begann sie die Ausbildung zur Lebens- und Sozialberaterin und organisierte ihr Leben neu. Sie ist bei Soul Sisters - einem Zentrum für Frauen in der Lebensmitte - tätig, gibt Seminare und coacht vorwiegend Frauen und Paare.

Bücher sind ihre Leidenschaft. Selbst eines zu schreiben, war schon lange ihr Wunsch, den sie sich jetzt mit „Mich wundert nix“ erfüllt hat.

Weitere Informationen unter
www.lebensseminare.at
www.soulsisters.at